?! なぞ解きサバイバル シリーズ

サバイバル+《プラス》文《ぶん》章《しょう》読《どっ》解《かい》

推《すい》理《り》ドリル

虫《むし》編《へん》

朝日新聞出版

サバイバル＋《プラス》文章読解《ぶんしょうどっかい》推理《すいり》ドリル 虫編《むしへん》

目次《もくじ》

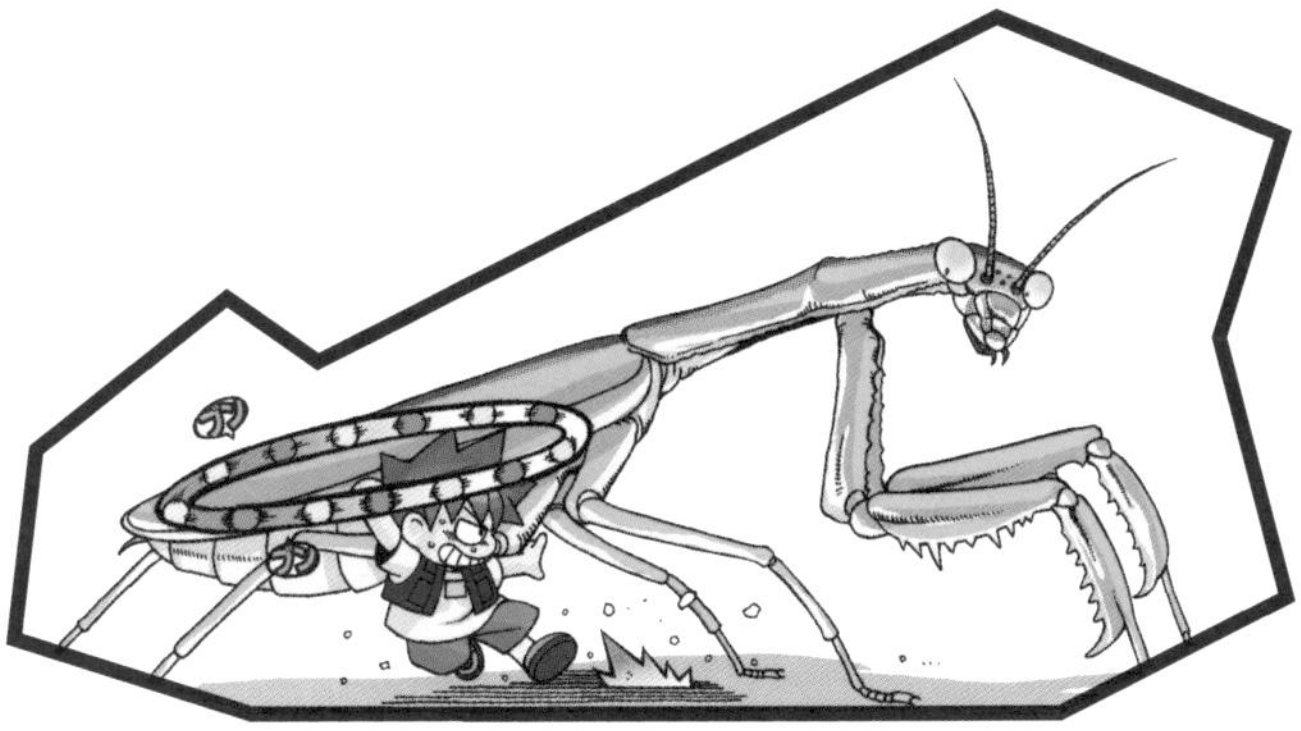

おうちの方へ

新学習指導要領対応

新学習指導要領への対応として、「全体読み→部分読み」の読解プロセスを取り入れた問題構成になっています。場面や段落ごとに区切って読み始める従来の方法とは異なり、まずは長文を通読し要点をつかむ「全体読み」で、問題になっていることや解決すべきことを把握。その上で、複数の手がかりを文中から見つけ、事件とのつながりを整理する「部分読み」を行い、推理の答えを導き出します。この２段階読みを訓練することで、思考力や論理力が高まり、確かな「読解力」が身につきます。

- 本書は、「科学漫画サバイバル」シリーズ（朝日新聞出版）のドリル版です。同じ登場人物や世界観で構成していますので、楽しく問題に取り組めます。
- 小学校で習う漢字と一部常用漢字を使用し、読みがなをつけています。解答には、小学４年生までに習う漢字を使用しています。
- 科学知識に基づいて推理をするため、読解力と同時に、理科に関する知識や興味が養われます。関心を持ったテーマは、さらに調べて、学習することが大切です。
- 本書では、できるだけ虫の生態や自然の仕組みにそった出題をしていますが、問題として取り組みやすくするために、誇張した設定や展開などが一部含まれていることをご了承ください。

テクニック1

まずは、文章全体《ぶんしょうぜんたい》を通《とお》して読《よ》もう！

全体《ぜんたい》のつながりを頭《あたま》に入《い》れて
文章《ぶんしょう》を丸《まる》ごととらえよう。

これが サバイバル流《りゅう》
全《ぜん》体《たい》→部《ぶ》分《ぶん》読《よ》み
のテクニックだ！

推理問題《すいりもんだい》

サバイバル推理 1
なぞの緑色の物体

「この虫、自分より大きな葉っぱ持って行進してる。葉っぱをどうするつもりなんだろう。面白いな～！」

虫の写真集を見ながら、ジュノが友だちのマリに聞いた。

ジュノは都会育ちで、虫のことをあまり知らないのだ。マリは動物や植物が大好きで、科学の知識も豊富な女の子だ。

今日は、いなかにあるマリのおじいさんの家に、昆虫採集に来ている。

「それは、ハキリアリというアリよ。葉や草を切って巣に運び、それでキノコを育てて、育ったキノコを食べるの。つまり、巣の中で農業をやっているというわけね。」

マリがハキリアリについて説明した。

「ハキリアリって、かしこいんだね～！」

ジュノが感心すると、いなか育ちのヌリも話に加わってきた。

「かしこい虫っていえば、オトシブミは葉を巻いてゆりかごを作り、その中に卵を産みつけるんだぜ。幼虫は、エサに囲まれて生まれてくるのさ。知ってるかい、兄貴？」

ヌリは、年上のジュノを尊敬して「兄貴」と呼んでいる。

「それじゃ、オトシブミの幼虫は、ベッドがケーキで、まくらがハンバーグ、みたいな感じで生まれてくるの？」

ジュノの言葉から、その様子を想像したヌリは思わずごくりとつばを飲みこんだ。

三人は初夏の林に向かった。

「そこのコブシの木にハシブトガラスがいるわ。巣を作ってるのかもしれない。」

マリが指さした木の上の方を見るが、カラスがどこにいるのか、ジュノにはさっぱりわからない。

「こっちはアリが樹液に集まってるよ。あっ、葉をかじっているのはオトシブミだ。」

今度は、ヌリが横の方を見ながら言った。そちらに体を向けたジュノが、何かを見つけた。

「ここに、きれいな虫がいるぞ！」

「あら！ ルリボシカミキリよ。生きている時はきれいだけど、つかまえて標本にすると、このきれいな青色はなくなってしまうのよ。」

推理した日

?! 文章全体を読んでまとめよう

❶ どんな事件が起きたのか、□をうめて、まとめましょう。
都会育ちの［ア だれが？］が、友だちの［イ だれと？］と、いなか育ちの［ウ だれと？］といっしょに林に来た。
目の前になぞの［エ なにいろ？］色の物体が落ちてきたので、家に持って帰って調べてみた。
いったい、この物体は何なのだろう？

❷ 文章に出てくる生き物の特ちょうをまとめます。（　）にあてはまる記号を書きましょう。
ア 葉を巻いてゆりかごを作り、その中に卵を産みつける。…（　）
イ 木の上の方に巣を作る。…（　）
ウ 葉や草を切って巣に運び、それでキノコを育てて食べる。…（　）
エ 生きている時はきれいだが、標本にすると、色がなくなる。…（　）
① ハキリアリ　② オトシブミ
③ ハシブトガラス　④ ルリボシカミキリ

❸ オトシブミの作る「ゆりかご」とは何ですか。正しいものを一つ選んで○をつけましょう。
ア ケーキとハンバーグで作った寝るところ。
イ 巣に運びこんだ木や草の葉で作った食料。
ウ 卵を産みつけるために、葉を巻いて作ったもの。

9

テクニック2

文章全体《ぶんしょうぜんたい》をまとめる問題《もんだい》に挑戦《ちょうせん》！


どんな事件《じけん》が起《お》きて、何《なに》を推理《すいり》するのか。

ジュノと一緒《いっしょ》にまとめよう。

▲ジュノ

ココがポイント
事件《じけん》を解《と》く、重要《じゅうよう》な手《て》がかりになる問題《もんだい》だよ。

テクニック5

解答《かいとう》と解説《かいせつ》をチェック！

正《ただ》しく読《よ》み取《と》れたかどうか確認《かくにん》しよう。まちがえた所《ところ》は、特《とく》に解説《かいせつ》も読《よ》んでおくのが大切《たいせつ》！

答《こた》え方《かた》で気《き》をつけた方《ほう》がいいポイントだよ。

全《ぜん》体《たい》→部《ぶ》分《ぶん》読《よ》みとは？

全体読《ぜんたいよ》み
何《なに》が起《お》きたのか、何《なに》が問題《もんだい》なのか。文章全体《ぶんしょうぜんたい》を読《よ》んでとらえよう！

↓

部分読《ぶぶんよ》み
解決《かいけつ》する手《て》がかりはないか。全《ぜん》体読《たいよ》みでわかったことを意識《いしき》して、部分《ぶぶん》ごとに細《こま》かく読《よ》もう！

↓

ズバリ解決《かいけつ》！

手《て》がかりのつながりを整理《せいり》すると、答《こた》えが見《み》えてくる！

▲マリ

まずは、全体《ぜんたい》を読《よ》んで内容《ないよう》をつかんで、次《つぎ》に、問題《もんだい》を解《と》きながら細《こま》かい所《ところ》まで読《よ》み取《と》るから、理解《りかい》が深《ふか》まるのよ！

わからない所《ところ》があっても、4ページ分《ぶん》の文章《ぶんしょう》を続《つづ》けて読《よ》もう！

▶ヌリ

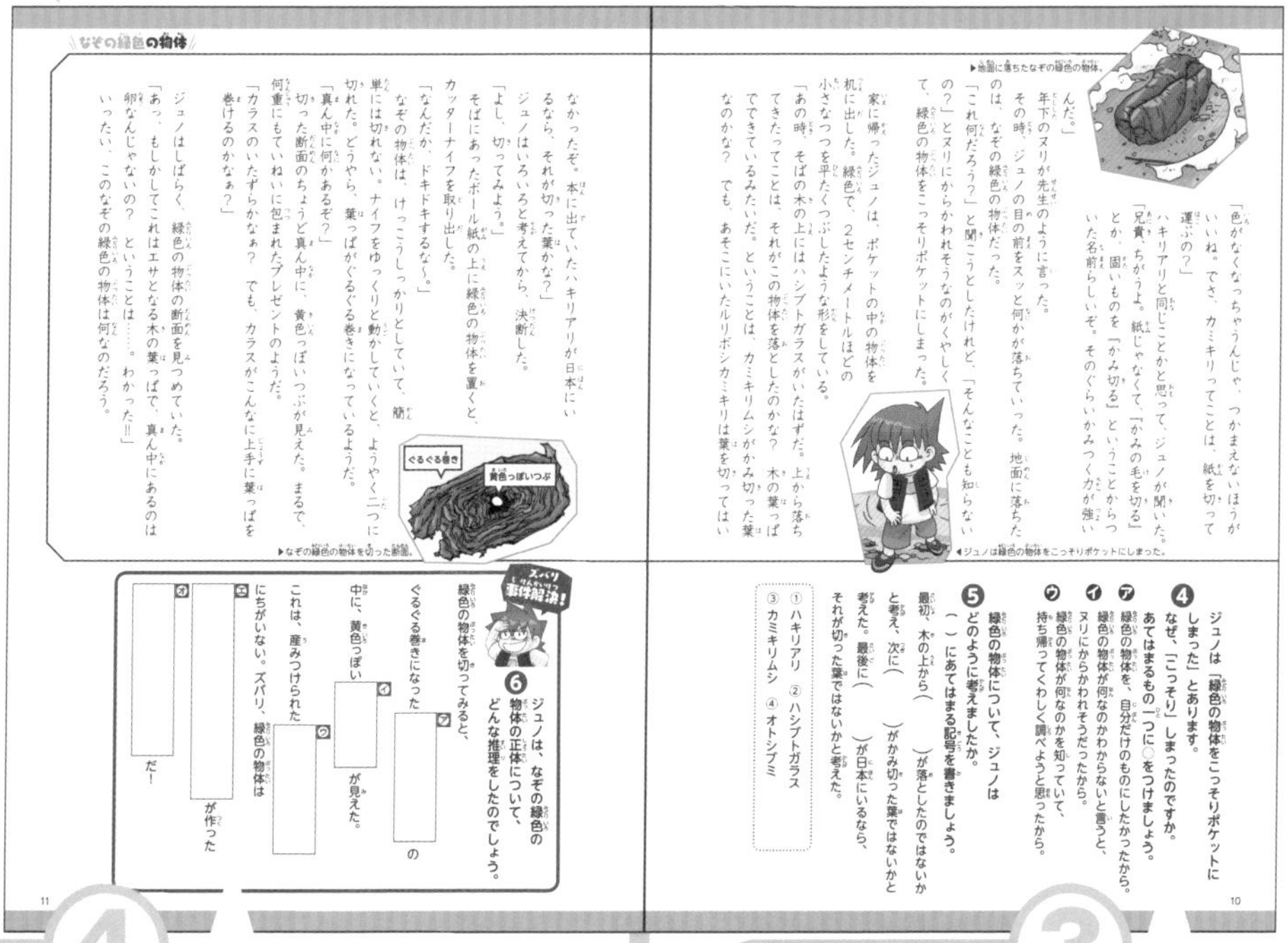

▶地面に落ちたなぞの緑色の物体。

「色がなくなっちゃうんじゃ、つかまえないほうがいいね。でさ、カミキリってことは、紙を切って運ぶの？」

ハキリアリと同じことかと思って、ジュノが聞いた。

「兄貴、ちがうよ。紙じゃなくて、『かみの毛を切る』とか、固いものを『かみ切る』ということからついた名前らしいぞ。そのぐらいかみつく力が強いんだ。」

年下のヌリが先生のように言った。

その時、ジュノの目の前をスッと何かが落ちていった。地面に落ちたのは、なぞの緑色の物体だった。

「これ何だろう？」と聞こうとしたけれど、「そんなことも知らないの？」とヌリにからかわれそうなのがくやしくて、緑色の物体をこっそりポケットにしまった。

家に帰ったジュノは、ポケットの中の物体を机に出した。緑色で、2センチメートルほどの小さなつつを平たくつぶしたような形をしている。

「あの時、そばの木の上にはハシブトガラスがいたはずだ。上から落ちてきたってことは、それがこの物体を落としたのかな？　木の葉っぱでできているみたいだ。ということは、カミキリムシがかみ切った葉なのかな？　でも、あそこにいたルリボシカミキリは葉を切ってはい

◀ジュノは緑色の物体をこっそりポケットにしまった。

❹ ジュノは「緑色の物体をこっそりポケットにしまった」とあります。なぜ、「こっそり」しまったのですか。あてはまるもの一つに○をつけましょう。

㋐ 緑色の物体を、自分だけのものにしたかったから。
㋑ 緑色の物体が何なのかわからないと言うと、ヌリにからかわれそうだったから。
㋒ 緑色の物体が何なのかを知っていて、持ち帰ってくわしく調べようと思ったから。

❺ 緑色の物体について、ジュノはどのように考えましたか。（　）にあてはまる記号を書きましょう。

最初、木の上から（　　）が落としたのではないかと考え、次に（　　）がかみ切った葉ではないかと考えた。最後に（　　）が日本にいるなら、それが切った葉ではないかと考えた。

① ハキリアリ　② ハシブトガラス
③ カミキリムシ　④ オトシブミ

10

なぞの緑色の物体

なかったぞ。本に出ていたハキリアリが日本にいるなら、それが切った葉かな？」

ジュノはいろいろと考えてから、決断した。

「よし、切ってみよう。」

そばにあったボール紙の上に緑色の物体を置くと、カッターナイフを取り出した。

「なんだか、ドキドキするな～。」

なぞの物体は、けっこうしっかりとしていて、簡単には切れない。ナイフをゆっくりと動かしていくと、ようやく二つに切れた。どうやら、葉っぱがぐるぐる巻きになっているようだ。

「真ん中に何かあるぞ？」

切った断面のちょうど真ん中に、黄色っぽいつぶが見えた。まるで、何重にもていねいに包まれたプレゼントのようだ。

「カラスのいたずらかなぁ？　でも、カラスがこんなに上手に葉っぱを巻けるのかなぁ？」

ジュノはしばらく、緑色の物体の断面を見つめていた。

「あっ、もしかしてこれはエサとなる木の葉っぱで、真ん中にあるのは卵なんじゃないの？　ということは……。わかった!!」

いったい、このなぞの緑色の物体は何なのだろう。

ぐるぐる巻き

黄色っぽいつぶ

▶なぞの緑色の物体を切った断面。

ズバリ 事件解決！

❻ ジュノは、なぞの緑色の物体の正体について、どんな推理をしたのでしょう。

緑色の物体を切ってみると、ぐるぐる巻きになった㋐［　　］の中に、黄色っぽい㋑［　　］が見えた。これは、産みつけられた㋒［　　］にちがいない。ズバリ、緑色の物体は㋓［　　］が作った㋔［　　］だ！

11

テクニック④

ズバリ事件解決《じけんかいけつ》！

手《て》がかりから、犯人《はんにん》やトリックを推理《すいり》しよう。
謎《なぞ》が解《と》ければ文章《ぶんしょう》を理解《りかい》したことになるよ！

テクニック③

部分《ぶぶん》ごとに細《こま》かく読《よ》もう！

問題《もんだい》を解《と》きながら、事件解決《じけんかいけつ》の手《て》がかりを整理《せいり》しよう。

解答《かいとう》と解説《かいせつ》

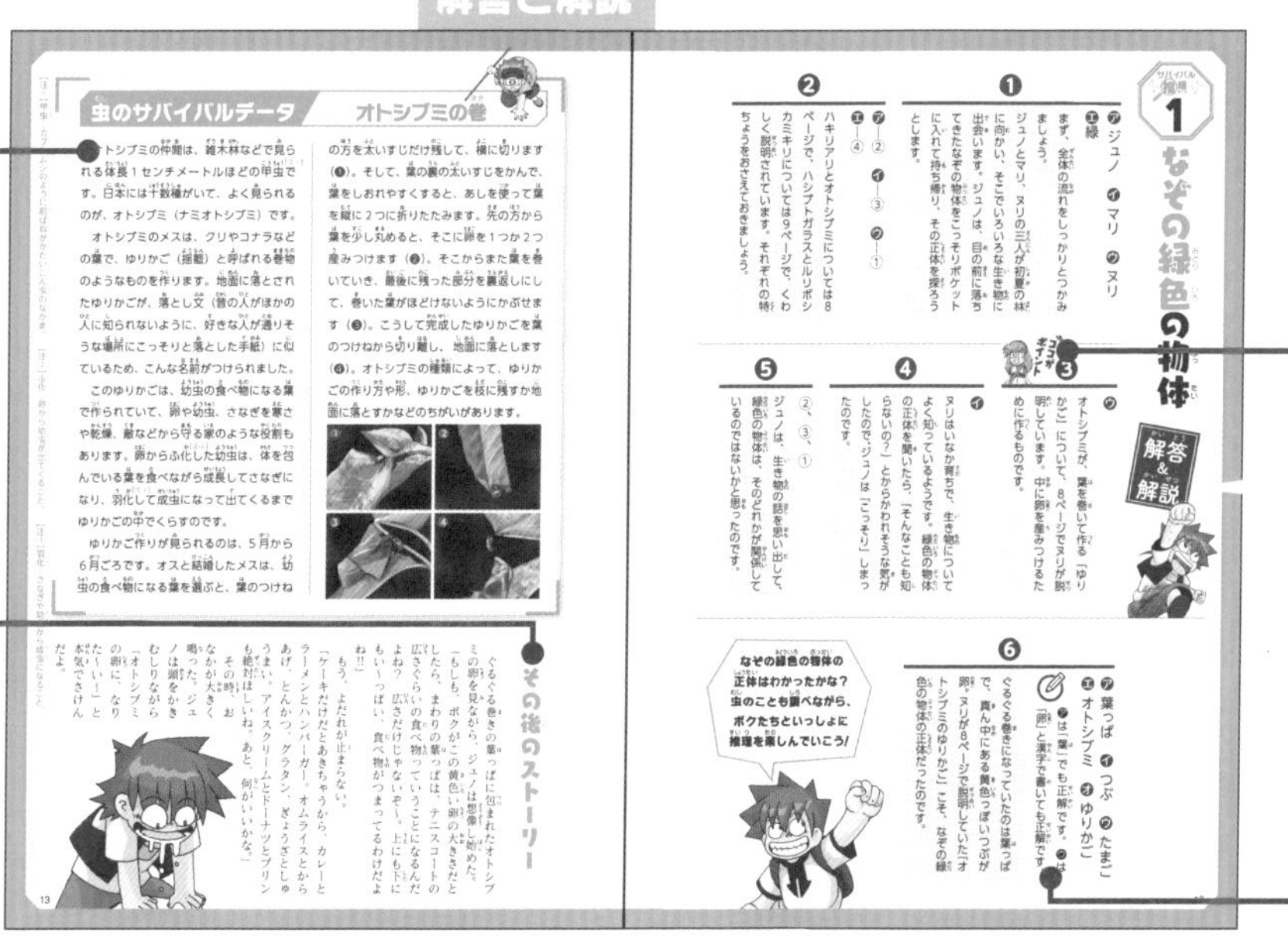

サバイバル推理 1 なぞの緑色の物体 解答&解説

❶
㋐ ジュノ　㋑ マリ　㋒ ヌリ
㋓ 緑

まず、全体の流れをしっかりとつかみましょう。

ジュノとマリ、ヌリの三人が初夏の林に向かい、そこでいろいろな生き物に出会います。ジュノは、目の前に落ちてきたなぞの物体をこっそりポケットに入れて持ち帰り、その正体を探ろうとします。

❷
㋐―②　㋑―③　㋒―①
㋓―④

ハキリアリとオトシブミについては8ページで、ハシブトガラスとルリボシカミキリについては9ページで、くわしく説明されています。それぞれの特ちょうをおさえておきましょう。

ココがポイント
❸
㋒

オトシブミが、葉を巻いて作る「ゆりかご」について、8ページでヌリが説明しています。中に卵を産みつけるために作るものです。

❹
㋑

ヌリはいなか育ちで、生き物についてよく知っているようです。緑色の物体の正体を聞いたら、「そんなことも知らないの？」とからかわれそうな気がしたので、ジュノは「こっそり」しまったのです。

❺
②、③、①

ジュノは、生き物の話を思い出して、緑色の物体は、そのどれかが関係しているのではないかと思ったのです。

❻
㋐ 葉っぱ　㋑ つぶ　㋒ たまご
㋓ オトシブミ　㋔ ゆりかご

㋐は「葉」でも正解です。㋒は「卵」と漢字で書いても正解です。

ぐるぐる巻きになっていたのは葉っぱで、真ん中にある黄色っぽいつぶが卵。ヌリが8ページで説明していた「オトシブミのゆりかご」こそ、なぞの緑色の物体の正体だったのです。

なぞの緑色の物体の正体はわかったかな？　虫のことも調べながら、ボクたちといっしょに推理を楽しんでいこう！

虫のサバイバルデータ　オトシブミの巻

オトシブミの仲間は、雑木林などで見られる体長1センチメートルほどの甲虫【注1】です。日本には十数種がいて、よく見られるのが、オトシブミ（ナミオトシブミ）です。

オトシブミのメスは、クリやコナラなどの葉で、ゆりかご（揺籃）と呼ばれる巻物のようなものを作ります。地面に落とされたゆりかごが、落とし文（昔の人がほかの人に知られないように、好きな人が通りそうな場所にこっそりと落とした手紙）に似ているため、こんな名前がつけられました。

このゆりかごは、幼虫の食べ物になる葉で作られていて、卵や幼虫、さなぎを寒さや乾燥、敵などから守る家のような役割もあります。卵からふ化【注2】した幼虫は、体を包んでいる葉を食べながら成長してさなぎになり、羽化【注3】して成虫になって出てくるまでゆりかごの中でくらすのです。

ゆりかご作りが見られるのは、5月から6月ごろです。オスと結婚したメスは、幼虫の食べ物になる葉を選ぶと、葉のつけねの方を太いすじだけ残して、横に切ります（❶）。そして、葉の裏の太いすじをかんで、葉をしおれやすくすると、あしを使って葉を縦に2つに折りたたみます。先の方から葉を少し丸めると、そこに卵を1つか2つ産みつけます（❷）。そこからまた葉を巻いていき、最後に残った部分を裏返しにして、巻いた葉がほどけないようにかぶせます（❸）。こうして完成したゆりかごを葉のつけねから切り離し、地面に落とします（❹）。オトシブミの種類によって、ゆりかごの作り方や形、ゆりかごを枝に残すか地面に落とすかなどのちがいがあります。

【注1】甲虫　カブトムシのように前ばねがかたい、こん虫のなかま。【注2】ふ化　卵から幼虫が出てくること。【注3】羽化　さなぎや幼虫から成虫になること。

その後のストーリー

ぐるぐる巻きの葉っぱに包まれたオトシブミの卵を見ながら、ジュノは想像し始めた。

「もしも、ボクがこの黄色い卵の大きさだとしたら、まわりの葉っぱは、テニスコートの広さぐらいの食べ物っていうことになるんだよね？　広さだけじゃないぞ～。上にも下にもい～っぱい、食べ物がつまってるわけだよね!!」

もう、よだれが止まらない。

「ケーキだけだとあきちゃうから、カレーとラーメンとハンバーガー。オムライスとからあげ、とんかつ、グラタン、ぎょうざとしゅうまい。アイスクリームとドーナツとプリンも絶対ほしいね。あと、何がいいかな。」

その時、おなかが大きく鳴った。ジュノは頭をかきむしりながら

「オトシブミの卵に、なりたーい！」と本気でさけんだよ。

13

虫《むし》のサバイバルデータ

文章《ぶんしょう》に関連《かんれん》した、さらに詳《くわ》しい科学知識《かがくちしき》が載《の》っているよ！

その後《ご》のストーリー

はたして、事件《じけん》はどうなったのか。解決《かいけつ》した後《あと》のストーリーも面白《おもしろ》いよ！

ドリルの登場《とうじょう》人物《じんぶつ》

科学漫画《かがくまんが》
サバイバルシリーズで
おなじみのボクたちと、
なぞ解《と》きに挑戦《ちょうせん》だ!!

ジュノ

都会《とかい》育《そだ》ちの主人公《しゅじんこう》。昆虫《こんちゅう》のことをよく知《し》らない。けれど、虫《むし》たちが持《も》つ個性《こせい》や生《い》きる知恵《ちえ》にふれて、その奥深《おくぶか》さにはまっていく。前向《まえむ》きな考《かんが》え方《かた》、仲間《なかま》を思《おも》いやる心《こころ》、何《なん》でも率先《そっせん》してやる姿勢《しせい》はだれにも負《ま》けない。危険《きけん》な場面《ばめん》や予想《よそう》しなかった展開《てんかい》でも、ジョークといたずら心《ごころ》で、まわりを明《あか》るくすることができる。

ただ、思《おも》いつきで意見《いけん》を言《い》ったり、後先《あとさき》を考《かんが》えずに行動《こうどう》したりして、ピンチをまねいてしまうこともある。

こちらも読《よ》んでね!

昆虫世界《こんちゅうせかい》のサバイバル1

昆虫採集《こんちゅうさいしゅう》をしていたジュノとマリ、ヌリは、なぞの光《ひかり》によって小《ちい》さくなってしまった。おそいかかる巨《きょ》大《だい》な昆虫《こんちゅう》たちとの戦《たたか》いが始《はじ》まる!

昆虫世界《こんちゅうせかい》のサバイバル2

巨大《きょだい》なハンミョウや、おそろしい毒針《どくばり》を持《も》ったスズメバチが次々《つぎつぎ》とあらわれる弱肉強食《じゃくにくきょうしょく》の昆虫《こんちゅう》の世界《せかい》。はたして、3人《にん》は助《たす》かるのか!

昆虫世界《こんちゅうせかい》のサバイバル3

アメンボやゲンゴロウなど、水中《すいちゅう》での昆虫《こんちゅう》との戦《たたか》いが始《はじ》まった。呼吸《こきゅう》も動《うご》きも自由《じゆう》にならない世界《せかい》で、3人《にん》はサバイバルできるのか!

ヌリ

ジュノとマリの昆虫採集《こんちゅうさいしゅう》を手伝《てつだ》っているうちに、いっしょに行動《こうどう》するようになった、いなか育《そだ》ちの少年《しょうねん》。

昆虫《こんちゅう》についての知識《ちしき》を自《じ》まんするけれど、まちがっていることも多《おお》い。

運動神経《うんどうしんけい》がよくて、ヨーヨーや、木《き》とゴムで作《つく》ったパチンコも上手《じょうず》に使《つか》いこなす。

ジュノが都会育《とかいそだ》ちで昆虫《こんちゅう》のことをよく知《し》らないので、からかうこともある。でも、年上《としうえ》のジュノを尊敬《そんけい》していて、ジュノのことを「兄《あに》貴《き》」と呼《よ》んでいる。

マリ

ジュノの友《とも》だちで、昆虫《こんちゅう》はもちろん、動物《どうぶつ》や植物《しょくぶつ》のことについても、はば広《ひろ》い知識《ちしき》を持《も》っている。

科学的《かがくてき》な考《かんが》え方《かた》が身《み》についていて、危険《きけん》な状況《じょうきょう》がおとずれても、冷静《れいせい》に正《ただ》しい判断《はんだん》をくだせる。

しょっちゅうトラブルを起《お》こしてばかりいるジュノとヌリをなだめながら、自然《しぜん》や昆虫《こんちゅう》に関《かん》する二人《ふたり》の疑問《ぎもん》に答《こた》える役割《やくわり》もはたしている。

サバイバル推理《すいり》

1 なぞの緑《みどり》色《いろ》の物《ぶっ》体《たい》

▶都会育《とかいそだ》ちのジュノ。

◀物知《ものし》りなマリ。

「この虫《むし》、自分《じぶん》より大《おお》きな葉《は》っぱ持《も》って行進《こうしん》してる。葉《は》っぱをどうするつもりなんだろう。面白《おもしろ》いな～！」

虫《むし》の写真集《しゃしんしゅう》を見《み》ながら、ジュノが友《とも》だちのマリに聞《き》いた。ジュノは都会育《とかいそだ》ちで、虫《むし》のことをあまり知《し》らないのだ。マリは動物《どうぶつ》や植物《しょくぶつ》が大好《だいす》きで、科学《かがく》の知識《ちしき》も豊富《ほうふ》な女《おんな》の子《こ》だ。

今日《きょう》は、いなかにあるマリのおじいさんの家《いえ》に、昆虫採集《こんちゅうさいしゅう》に来《き》ている。

「それは、ハキリアリというアリよ。葉《は》や草《くさ》を切《き》って巣《す》に運《はこ》び、それでキノコを育《そだ》てて、育《そだ》ったキノコを食《た》べるの。つまり、巣《す》の中《なか》で農業《のうぎょう》をやっているというわけね。」

マリがハキリアリについて説明《せつめい》した。

「ハキリアリって、かしこいんだね～！」

ジュノが感心《かんしん》すると、いなか育《そだ》ちのヌリも話《はなし》に加《くわ》わってきた。

「かしこい虫《むし》っていえば、オトシブミは葉《は》を巻《ま》いてゆりかごを作《つく》り、その中《なか》に卵《たまご》を産《う》みつけるんだぜ。幼虫《ようちゅう》は、エサに囲《かこ》まれて生《う》

◀切《き》った葉《は》を運《はこ》ぶハキリアリ。

?! 文章全体《ぶんしょうぜんたい》を読《よ》んでまとめよう

推理《すいり》した日《ひ》　□月　□日

1 どんな事件《じけん》が起《お》きたのか、□をうめて、まとめましょう。

都会育《とかいそだ》ちの　㋐だれが？□　が、いなか育《そだ》ちの友《とも》だちの　㋑だれと？□　と、㋒だれと？□　といっしょに林《はやし》に来《き》た。

目《め》の前《まえ》になぞの　㋓なにいろ？□　色《いろ》の物体《ぶったい》が落《お》ちてきたので、家《いえ》に持《も》って帰《かえ》って調《しら》べてみた。

いったい、この物体《ぶったい》は何《なん》なのだろう？

まれてくるのさ。知《し》ってるかい、兄貴《あにき》？」

ヌリは、年上《としうえ》のジュノを尊敬《そんけい》して「兄貴《あにき》」と呼《よ》んでいる。

「それじゃ、オトシブミの幼虫《ようちゅう》は、ベッドがケーキで、まくらがハンバーグ、みたいな感《かん》じで生《う》まれてくるの？」

ジュノの言葉《ことば》から、その様子《ようす》を想像《そうぞう》したヌリは思《おも》わずごくりとつばを飲《の》みこんだ。

▶いなか育《そだ》ちのヌリ。

三人《さんにん》は初夏《しょか》の林《はやし》に向《む》かった。

「そこのコブシの木《き》にハシブトガラスがいるわ。巣《す》を作《つく》ってるのかもしれない。」

マリが指《ゆび》さした木《き》の上《うえ》の方《ほう》を見《み》るが、カラスがどこにいるのか、ジュノにはさっぱりわからない。

「こっちはアリが樹液《じゅえき》に集《あつ》まってるよ。あっ、葉《は》をかじっているのはオトシブミだ。」

今度《こんど》は、ヌリが横《よこ》の方《ほう》を見《み》ながら言《い》った。そちらに体《からだ》を向《む》けたジュノが、何《なに》かを見《み》つけた。

「ここに、きれいな虫《むし》がいるぞ！」

「あら！　ルリボシカミキリよ。生《い》きている時《とき》はきれいだけど、つかまえて標本《ひょうほん》にすると、このきれいな青色《あおいろ》はなくなってしまうのよ。」

◀ジュノが見《み》つけたルリボシカミキリ。

←先《さき》に文章《ぶんしょう》を11ページまで読《よ》みましょう。

2 文章《ぶんしょう》に出《で》てくる生《い》き物《もの》の特《とく》ちょうをまとめます。（　）にあてはまる記号《きごう》を書《か》きましょう。

ア 葉《は》を巻《ま》いてゆりかごを作《つく》り、その中《なか》に卵《たまご》を産《う》みつける。…（　）
イ 木《き》の上《うえ》の方《ほう》に巣《す》を作《つく》る。…（　）
ウ 葉《は》や草《くさ》を切《き》って巣《す》に運《はこ》び、それでキノコを育《そだ》てて食《た》べる。…（　）
エ 生《い》きている時《とき》はきれいだが、標本《ひょうほん》にすると、色《いろ》がなくなる。…（　）

① ハキリアリ　② オトシブミ
③ ハシブトガラス　④ ルリボシカミキリ

3 オトシブミの作《つく》る「ゆりかご」とは何《なん》ですか。正《ただ》しいものを一《ひと》つ選《えら》んで○をつけましょう。

ア ケーキとハンバーグで作《つく》った寝《ね》るところ。
イ 巣《す》に運《はこ》びこんだ木《き》や草《くさ》の葉《は》で作《つく》った食料《しょくりょう》。
ウ 卵《たまご》を産《う》みつけるために、葉《は》を巻《ま》いて作《つく》ったもの。

「色《いろ》がなくなっちゃうんじゃ、つかまえないほうがいいね。でさ、カミキリってことは、紙《かみ》を切《き》って運《はこ》ぶの？」

ハキリアリと同《おな》じことかと思《おも》って、ジュノが聞《き》いた。

「兄貴《あにき》、ちがうよ。紙《かみ》じゃなくて、『かみの毛《け》を切《き》る』とか、固《かた》いものを『かみ切《き》る』ということからついた名前《なまえ》らしいぞ。そのぐらいかみつく力《ちから》が強《つよ》いんだ。」

年下《としした》のヌリが先生《せんせい》のように言《い》った。

▶地面《じめん》に落《お》ちたなぞの緑色《みどりいろ》の物体《ぶったい》。

その時《とき》、ジュノの目《め》の前《まえ》をスッと何《なに》かが落《お》ちていった。地面《じめん》に落《お》ちたのは、なぞの緑色《みどりいろ》の物体《ぶったい》だった。

「これ何《なん》だろう？」と聞《き》こうとしたけれど、「そんなことも知《し》らないの？」とヌリにからかわれそうなのがくやしくて、緑色《みどりいろ》の物体《ぶったい》をこっそりポケットにしまった。

◀ジュノは緑色《みどりいろ》の物体《ぶったい》をこっそりポケットにしまった。

家《いえ》に帰《かえ》ったジュノは、ポケットの中《なか》の物体《ぶったい》を机《つくえ》に出《だ》した。緑色《みどりいろ》で、２センチメートルほどの小《ちい》さなつつを平《ひら》たくつぶしたような形《かたち》をしている。

「あの時《とき》、そばの木《き》の上《うえ》にはハシブトガラスがいたはずだ。上《うえ》から落《お》ちてきたってことは、それがこの物体《ぶったい》を落《お》としたのかな？　木《き》の葉《は》っぱでできているみたいだ。ということは、カミキリムシがかみ切《き》った葉《は》なのかな？　でも、あそこにいたルリボシカミキリは葉《は》を切《き》ってはい

4 **ジュノは「緑色《みどりいろ》の物体《ぶったい》をこっそりポケットにしまった」とあります。なぜ、「こっそり」しまったのですか。あてはまるもの一《ひと》つに○をつけましょう。**

ア 緑色《みどりいろ》の物体《ぶったい》を、自分《じぶん》だけのものにしたかったから。

イ 緑色《みどりいろ》の物体《ぶったい》が何《なん》なのかわからないと言《い》うと、ヌリにからかわれそうだったから。

ウ 緑色《みどりいろ》の物体《ぶったい》が何《なん》なのかを知《し》っていて、持《も》ち帰《かえ》ってくわしく調《しら》べようと思《おも》ったから。

5 **緑色《みどりいろ》の物体《ぶったい》について、ジュノはどのように考《かんが》えましたか。（　）にあてはまる記号《きごう》を書《か》きましょう。**

最初《さいしょ》、木《き》の上《うえ》から（　　）が落《お》としたのではないかと考《かんが》え、次《つぎ》に（　　）がかみ切《き》った葉《は》ではないかと考《かんが》えた。最後《さいご》に（　　）が日本《にほん》にいるなら、それが切《き》った葉《は》ではないかと考《かんが》えた。

① ハキリアリ　② ハシブトガラス
③ カミキリムシ　④ オトシブミ

なかったぞ。本《ほん》に出《で》ていたハキリアリが日本《にほん》にいるなら、それが切《き》った葉《は》かな？」

ジュノはいろいろと考《かんが》えてから、決断《けつだん》した。

「よし、切《き》ってみよう。」

そばにあったボール紙《がみ》の上《うえ》に緑色《みどりいろ》の物体《ぶったい》を置《お》くと、カッターナイフを取《と》り出《だ》した。

「なんだか、ドキドキするな～。」

なぞの物体《ぶったい》は、けっこうしっかりとしていて、簡《かん》単《たん》には切《き》れない。ナイフをゆっくりと動《うご》かしていくと、ようやく二《ふた》つに切《き》れた。どうやら、葉《は》っぱがぐるぐる巻《ま》きになっているようだ。

「真《ま》ん中《なか》に何《なに》かあるぞ？」

切《き》った断面《だんめん》のちょうど真《ま》ん中《なか》に、黄色《きいろ》っぽいつぶが見《み》えた。まるで、何重《なんじゅう》にもていねいに包《つつ》まれたプレゼントのようだ。

「カラスのいたずらかなぁ？　でも、カラスがこんなに上手《じょうず》に葉《は》っぱを巻《ま》けるのかなぁ？」

ジュノはしばらく、緑色《みどりいろ》の物体《ぶったい》の断面《だんめん》を見《み》つめていた。

「あっ、もしかしてこれはエサとなる木《き》の葉《は》っぱで、真《ま》ん中《なか》にあるのは卵《たまご》なんじゃないの？　ということは……。わかった!!」

いったい、このなぞの緑色《みどりいろ》の物体《ぶったい》は何《なん》なのだろう。

▶なぞの緑色《みどりいろ》の物体《ぶったい》を切《き》った断面《だんめん》。

ズバリ 事件解決《じけんかいけつ》！

6 ジュノは、なぞの緑色《みどりいろ》の物体《ぶったい》の正体《しょうたい》について、どんな推理《すいり》をしたのでしょう。

緑色《みどりいろ》の物体《ぶったい》を切《き》ってみると、ぐるぐる巻《ま》きになった ア［　　］ の中《なか》に、黄色《きいろ》っぽい イ［　　］ が見《み》えた。これは、産《う》みつけられた ウ［　　］ にちがいない。ズバリ、緑色《みどりいろ》の物体《ぶったい》は エ［　　］ が作《つく》った オ［　　］ だ！

なぞの緑《みどり》色《いろ》の物《ぶっ》体《たい》

解答《かいとう》&解説《かいせつ》

1

ア ジュノ　イ マリ　ウ ヌリ
エ 緑

まず、全体《ぜんたい》の流《なが》れをしっかりとつかみましょう。

ジュノとマリ、ヌリの三人《さんにん》が初夏《しょか》の林《はやし》に向《む》かい、そこでいろいろな生《い》き物《もの》に出会《であ》います。ジュノは、目《め》の前《まえ》に落《お》ちてきたなぞの物体《ぶったい》をこっそりポケットに入《い》れて持《も》ち帰《かえ》り、その正体《しょうたい》を探《さぐ》ろうとします。

2

ア—②　イ—③　ウ—①
エ—④

ハキリアリとオトシブミについては8ページで、ハシブトガラスとルリボシカミキリについては9ページで、くわしく説明《せつめい》されています。それぞれの特《とく》ちょうをおさえておきましょう。

3

ウ

オトシブミが、葉《は》を巻《ま》いて作《つく》る「ゆりかご」について、8ページでヌリが説《せつ》明《めい》しています。中《なか》に卵《たまご》を産《う》みつけるために作《つく》るものです。

4

イ

ヌリはいなか育《そだ》ちで、生《い》き物《もの》についてよく知《し》っているようです。緑色《みどりいろ》の物体《ぶったい》の正体《しょうたい》を聞《き》いたら、「そんなことも知《し》らないの?」とからかわれそうな気《き》がしたので、ジュノは「こっそり」しまったのです。

5

②、③、①

ジュノは、生《い》き物《もの》の話《はなし》を思《おも》い出《だ》して、緑色《みどりいろ》の物体《ぶったい》は、そのどれかが関係《かんけい》しているのではないかと思《おも》ったのです。

6

ア 葉っぱ　イ つぶ　ウ たまご
エ オトシブミ　オ ゆりかご

アは「葉《は》」でも正解《せいかい》です。ウは「卵《たまご》」と漢字《かんじ》で書《か》いても正解《せいかい》です。

ぐるぐる巻《ま》きになっていたのは葉《は》っぱで、真《ま》ん中《なか》にある黄色《きいろ》っぽいつぶが卵《たまご》。ヌリが8ページで説明《せつめい》していた「オトシブミのゆりかご」こそ、なぞの緑《みどり》色《いろ》の物体《ぶったい》の正体《しょうたい》だったのです。

虫《むし》のサバイバルデータ　オトシブミの巻《まき》

オトシブミの仲間《なかま》は、雑木林《ぞうきばやし》などで見《み》られる体長《たいちょう》1センチメートルほどの甲虫《こうちゅう》【注①】です。日本《にほん》には十数種《じゅうすうしゅ》がいて、よく見《み》られるのが、オトシブミ（ナミオトシブミ）です。

オトシブミのメスは、クリやコナラなどの葉《は》で、ゆりかご（揺籃《ようらん》）と呼《よ》ばれる巻物《まきもの》のようなものを作《つく》ります。地面《じめん》に落《お》とされたゆりかごが、落《お》とし文《ぶみ》（昔《むかし》の人《ひと》がほかの人《ひと》に知《し》られないように、好《す》きな人《ひと》が通《とお》りそうな場所《ばしょ》にこっそりと落《お》とした手紙《てがみ》）に似《に》ているため、こんな名前《なまえ》がつけられました。

このゆりかごは、幼虫《ようちゅう》の食《た》べ物《もの》になる葉《は》で作《つく》られていて、卵《たまご》や幼虫《ようちゅう》、さなぎを寒《さむ》さや乾燥《かんそう》、敵《てき》などから守《まも》る家《いえ》のような役割《やくわり》もあります。卵《たまご》からふ化《か》【注②】した幼虫《ようちゅう》は、体《からだ》を包《つつ》んでいる葉《は》を食《た》べながら成長《せいちょう》してさなぎになり、羽化《うか》【注③】して成虫《せいちゅう》になって出《で》てくるまでゆりかごの中《なか》でくらすのです。

ゆりかご作《づく》りが見《み》られるのは、5月《がつ》から6月《がつ》ごろです。オスと結婚《けっこん》したメスは、幼《よう》虫《ちゅう》の食《た》べ物《もの》になる葉《は》を選《えら》ぶと、葉《は》のつけねの方《ほう》を太《ふと》いすじだけ残《のこ》して、横《よこ》に切《き》ります（❶）。そして、葉《は》の裏《うら》の太《ふと》いすじをかんで、葉《は》をしおれやすくすると、あしを使《つか》って葉《は》を縦《たて》に2つに折《お》りたたみます。先《さき》の方《ほう》から葉《は》を少《すこ》し丸《まる》めると、そこに卵《たまご》を1つか2つ産《う》みつけます（❷）。そこからまた葉《は》を巻《ま》いていき、最後《さいご》に残《のこ》った部分《ぶぶん》を裏返《うらがえ》しにして、巻《ま》いた葉《は》がほどけないようにかぶせます（❸）。こうして完成《かんせい》したゆりかごを葉《は》のつけねから切《き》り離《はな》し、地面《じめん》に落《お》とします（❹）。オトシブミの種類《しゅるい》によって、ゆりかごの作《つく》り方《かた》や形《かたち》、ゆりかごを枝《えだ》に残《のこ》すか地《じ》面《めん》に落《お》とすかなどのちがいがあります。

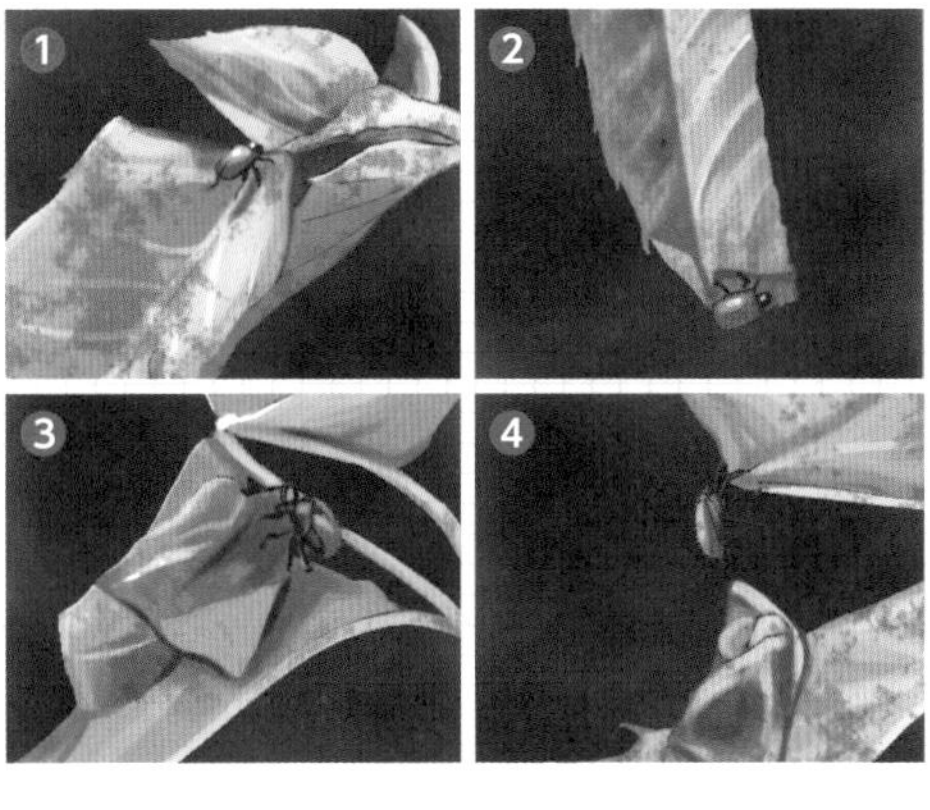

【注①】甲虫《こうちゅう》…カブトムシのように前《まえ》ばねがかたいこん虫《ちゅう》のなかま。

【注②】ふ化《か》…卵《たまご》から幼虫《ようちゅう》が出《で》てくること。

【注③】羽化《うか》…さなぎや幼虫《ようちゅう》から成虫《せいちゅう》になること。

その後《ご》のストーリー

ぐるぐる巻《ま》きの葉《は》っぱに包《つつ》まれたオトシブミの卵《たまご》を見《み》ながら、ジュノは想像《そうぞう》し始《はじ》めた。

「もしも、ボクがこの黄色《きいろ》い卵《たまご》の大《おお》きさだとしたら、まわりの葉《は》っぱは、テニスコートの広《ひろ》さぐらいの食《た》べ物《もの》っていうことになるんだよね？　広《ひろ》さだけじゃないぞ～。上《うえ》にも下《した》にもい～っぱい、食《た》べ物《もの》がつまってるわけだよね!!」

もう、よだれが止《と》まらない。

「ケーキだけだとあきちゃうから、カレーとラーメンとハンバーガー。オムライスとからあげ、とんかつ、グラタン、ぎょうざとしゅうまい。アイスクリームとドーナツとプリンも絶対《ぜったい》ほしいね。あと、何《なに》がいいかな。」

その時《とき》、おなかが大《おお》きく鳴《な》った。ジュノは頭《あたま》をかきむしりながら「オトシブミの卵《たまご》に、なりた～い！」と本気《ほんき》でさけんだよ。

サバイバル推理《すいり》

2 ホタルの光《ひかり》の秘《ひ》密《みつ》

▶とつぜん立《た》ち止《ど》まったジュノ。

川《かわ》のそばの草《くさ》むらへ自然観察《しぜんかんさつ》に来《き》たジュノ、マリ、ヌリの三人《さんにん》。すっかり、夢中《むちゅう》になり、まわりは暗《くら》くなり始《はじ》めていた。三人《さんにん》はマリのおじいさんの家《いえ》へ帰《かえ》ろうと、川《かわ》ぞいの道《みち》を急《いそ》いだ。おじいさんの家《いえ》は、川《かわ》から遠《とお》い山《やま》のふもとにある。

「急《きゅう》に暗《くら》くなってきたね。」

年下《としした》のヌリが心細《こころぼそ》そうに言《い》った。

「このぐらい、平気《へいき》だよ。意気地《いくじ》がないなぁ。」

ジュノはそう言《い》って、元気《げんき》よく先頭《せんとう》を歩《ある》いていたが、

「ちょ、ちょっと待《ま》って！」

と、とつぜん立《た》ち止《ど》まってさけんだ。

「何《なん》だか、光《ひか》るものがふわ～っと飛《と》んでいったよ！　あれは、きっと……、ひとだまだよ!!」

「ホント？　何《なに》かの見《み》まちがいじゃないの？」

マリもおどろいたように立《た》ち止《ど》まった。ヌリはふるえているようだ。

その時《とき》、ス～～ッと光《ひか》るものが、ジュノの横《よこ》を飛《と》んでいった。

「ほら!!　ひとだま！」

推理《すいり》した日《ひ》　□月　□日

?! 文章全体《ぶんしょうぜんたい》を読《よ》んでまとめよう

1 どんな事件《じけん》が起《お》きたのか、□をうめて、まとめましょう。

ジュノ、マリ、ヌリが ア どこの？［　　］のそばの草《くさ》むらで イ なに？［　　］観察《かんさつ》をしていたら、暗《くら》くなってしまった。ジュノは ウ なにを？［　　］をひとだまとまちがえた。それを虫《むし》かごに入《い》れて持《も》ち帰《かえ》ったけれど、たんぼにいるものより光《ひか》るリズムが エ どんな？［　　］なので、弱《よわ》ったかと思《おも》った。ところが、オ だれ？［　　］は、そうではないと言《い》う。いったい、どうしてだろう？

目《め》を見開《みひら》いてジュノがさけんだ。

それを見《み》て、ヌリがやれやれというようにジュノに向《む》かって言《い》った。

「ホタルじゃないか。もしかすると、兄貴《あにき》はホタルを見《み》たことがないの？」

ヌリが、ホタルをひとだまとかんちがいしたジュノに言《い》った。

「ホタルか。そうだよね。へへへ。ちょっと、びっくりしただけさ。おや、何《なん》だかピカ〜、ピカ〜ッて光《ひか》るリズムがみんな同《おな》じみたいだね。」

ジュノはごまかすように言《い》った。すると、マリがいつものように、知《し》っていることを話《はな》し始《はじ》めた。

「ホタルはおしりに光《ひか》るところがあるの。光《ひか》り方《かた》は種類《しゅるい》によってちがっていて、それで仲間《なかま》を見分《みわ》けているのよ。川《かわ》のそばでくらしているのは、ゲンジボタル。たんぼや池《いけ》にいるのは、ヘイケボタルで、ゲンジボタルより一回《ひとまわ》り小《ちい》さいわ。光《ひか》ったり消《き》えたりするリズムは、ヘイケボタルの方《ほう》が速《はや》いわね。」

「それじゃあ、ここは川《かわ》のそばだから、その葉《は》っぱにとまっているのは、ゲンジボタルだよね。でも、なんとなく光《ひかり》が弱《よわ》いみたいだ。」

ジュノがたずねた。

「いいところに、気《き》がついたわね。あれは、メスなの。」

マリが、先生《せんせい》のような口《くち》ぶりで言《い》った。


←先《さき》に文章《ぶんしょう》を17ページまで読《よ》みましょう。

▶葉《は》にとまったホタルを見《み》るジュノとマリ。

2 二種類《にしゅるい》のホタルについて、マリの説明《せつめい》をまとめます。あてはまる記号《きごう》を選《えら》んで、表《ひょう》を完成《かんせい》させましょう。

	くらす場所《ばしょ》	体《からだ》の大《おお》きさ	光《ひか》るリズム
ゲンジボタル			
ヘイケボタル			

① 川《かわ》のそば ② たんぼや池《いけ》 ③ 大《おお》きい
④ 小《ちい》さい ⑤ 速《はや》い ⑥ ゆっくり

3 ゲンジボタルの、オスとメスのちがいは何《なん》ですか。オスの特《とく》ちょうには□印《じるし》、メスの特《とく》ちょうには○印《じるし》をつけましょう。

ア 葉《は》っぱにとまって待《ま》っている。…（　）
イ 光《ひかり》が少《すこ》し弱《よわ》い。…（　）
ウ 飛《と》んできて、相手《あいて》を見《み》つける。…（　）

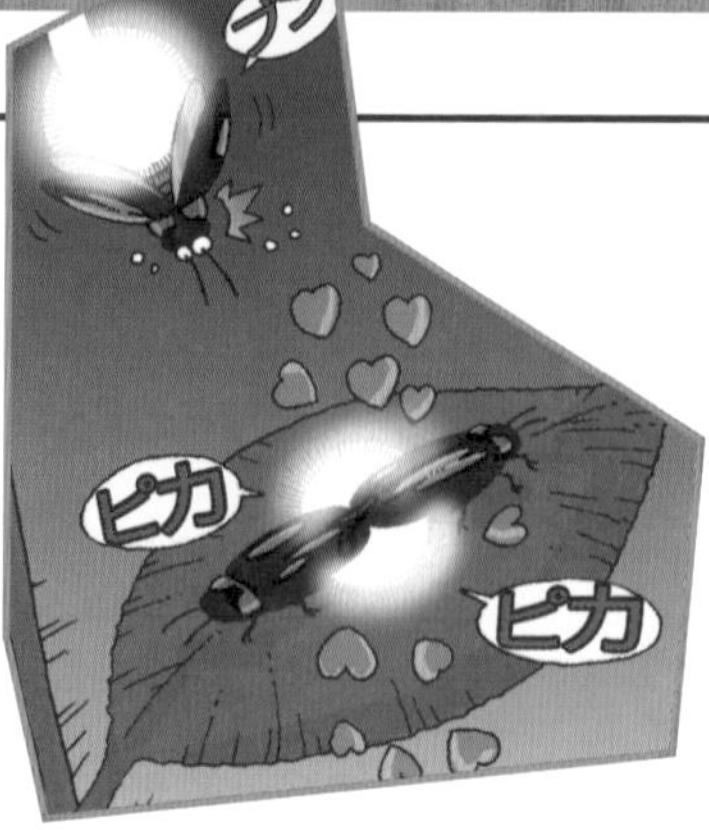

▶ゲンジボタルの結婚《けっこん》。

「葉《は》っぱにいて、光《ひかり》が少《すこ》し弱《よわ》いのはメスなの。葉《は》っぱの上《うえ》でオスを待《ま》っているのよ。もうすぐオスがやってくるわ。」

マリの言《い》った通《とお》り、オスが飛《と》んできて葉《は》にとまり、メスとおしりをくっつけている。別《べつ》のオスもやってきたが、あきらめたように、飛《と》び去《さ》っていった。

「いっけない！　もう、真《ま》っ暗《くら》よ。急《いそ》がなくちゃ！」

マリがあわてて言《い》った。ホタルを観察《かんさつ》しているうちに、周囲《しゅうい》はすっかり夜《よる》になっていた。マリが先頭《せんとう》になって歩《ある》き始《はじ》め、ヌリが続《つづ》いた。光《ひかり》がきれいなので、持《も》って帰《かえ》りたくなったジュノは、葉《は》にとまっていたホタルをつかまえると、そっと虫《むし》かごに入《い》れた。

その夜《よる》は、みんなでマリのおじいさんの家《いえ》にとまることになった。おじいさんのたんぼでとれたお米《こめ》をたいたご飯《はん》なので、とてもおいしい。たくさんご飯《はん》を食《た》べると、マリとヌリはすぐにねむってしまった。

ジュノはなかなかねむくならず、トイレに行《い》ってもどってくる時《とき》に、外《そと》のたんぼに光《ひか》るものを見《み》つけた。

「あ、ここにもホタルがいる！」

ピカ～、ピカ～と光《ひか》りながら、ホタルがたんぼを飛《と》んでいた。

◀夜《よる》のたんぼにいるホタル。

4 マリのおじいさんの家《いえ》はどんなところにありますか。あてはまるものに○をつけましょう。

ア 近《ちか》くに川《かわ》があるところ。

イ 川《かわ》からは遠《とお》く、たんぼがあるところ。

ウ 山《やま》のふもとで、たんぼはないところ。

5 ジュノは、どのように考《かんが》えて、つかまえたホタルを外《そと》に放《はな》そうと思《おも》ったのですか。あてはまる記号《きごう》を選《えら》んで書《か》きましょう。

（　　）からホタルをつかまえて持《も》ち帰《かえ》ったが、夜《よる》、虫《むし》かごを見《み》たら光《ひか》るリズムが（　　）ので、てっきり（　　）いると思《おも》った。このままにして（　　）しまったらかわいそうなので、外《そと》に放《はな》そうと考《かんが》えた。

① 観察《かんさつ》したかった　② 光《ひかり》がきれいだった
③ 速《はや》い　④ おそい　⑤ 元気《げんき》になって
⑥ 弱《よわ》って　⑦ 死《し》んで　⑧ ねむって

「そうだ！　さっき川《かわ》のそばでつかまえてきたホタルは、元気《げんき》かな？」

ジュノは、自分《じぶん》の虫《むし》かごを持《も》ってきた。外《そと》のホタルと比《くら》べると、光《ひか》ったり消《き》えたりするリズムがずいぶんゆっくりしている。

「あれ、このホタル、弱《よわ》ってしまったのかな？　光《ひか》り方《かた》がおそいぞ。」

そこに、トイレに起《お》きてきたヌリが近《ちか》づいて来《き》た。

「兄貴《あにき》、何《なに》をやっているんだい？」

「ああ、ヌリか。実《じつ》は、さっき川《かわ》のそばでホタルをつかまえてきたんだけど……。外《そと》にいるホタルと比《くら》べると、光《ひか》り方《かた》がちょっとゆっくりだろ。もしかすると、つかまえて虫《むし》かごに閉《と》じこめていたから、弱《よわ》っちゃったんじゃないかな？」

「死《し》んでしまったらかわいそうだから、今《いま》すぐ外《そと》に放《はな》そうかな。」

虫《むし》かごのホタルとたんぼのホタルを見比《みくら》べながら、ジュノが言《い》った。

そうジュノが、つぶやいた時《とき》だった。

「放《はな》しちゃだめよ！　そのホタルは弱《よわ》ったわけじゃない。明日《あした》、明《あか》るくなったら、川《かわ》にもどしに行《い》くのよ。」

いつの間《ま》にか後《うし》ろにいたマリが、強《つよ》い口《く》調《ちょう》で言《い》った。

いったい、マリはどうしてホタルが弱《よわ》ったわけではないとわかったのだろう。

◀いつの間《ま》にか後《うし》ろにいたマリ。

ズバリ
事件解決《じけんかいけつ》！

6 マリが、「ホタルは弱《よわ》ったわけじゃない」と言《い》ったのは、なぜでしょう。エは正《ただ》しいものに○をつけましょう。

ジュノがつかまえてきたのは ア［　　］ のそばにいる イ［　　］ だ。

たんぼにいるのは、ウ［　　］ だ。

虫《むし》かごの中《なか》のホタルが、たんぼのホタルより エ（ゆっくり／速《はや》く）光《ひか》っているのは、弱《よわ》ったからではない。ズバリ、ホタルの種類《しゅるい》によって、光《ひか》る オ［　　］ がちがうからだ！

サバイバル推理《すいり》 2

ホタルの光《ひかり》の秘《ひ》密《みつ》

解答《かいとう》&解説《かいせつ》

①

ア 川　イ 自然　ウ ホタル
エ ゆっくり　オ マリ

まず、全体《ぜんたい》の流《なが》れをしっかりとつかみましょう。

ジュノは川《かわ》ぞいの道《みち》で、ホタルを見《み》つけておどろきました。そして、つかまえて持《も》ち帰《かえ》ります。夜《よる》になって、外《そと》のホタルと自分《じぶん》のつかまえたホタルの光《ひか》り方《かた》がちがい、心配《しんぱい》になりました。

②

ココがポイント

	くらす場所	体の大きさ	光るリズム
ゲンジボタル	①	③	⑥
ヘイケボタル	②	④	⑤

ゲンジボタルとヘイケボタルのちがいをおさえましょう。光《ひか》るリズムがちがうことが、ポイントです。

③

ア—○　イ—○　ウ—□

ゲンジボタルのオスとメスのちがいについて、15ページの後半《こうはん》から16ページの前半《ぜんはん》にかけて、マリが説明《せつめい》しています。

④

イ

14ページのはじめに「おじいさんの家《いえ》は、川《かわ》から遠《とお》い山《やま》のふもとにある。」とあり、16ページに、「おじいさんのたんぼ」とあるので、ア、ウはちがうことがわかります。

⑤

②、④、⑥、⑦

ホタルをつかまえて、虫《むし》かごに閉《と》じこめていたために弱《よわ》ってしまったのではないかと、ジュノは考《かんが》えたのです。

⑥

ア 川　イ ゲンジボタル
ウ ヘイケボタル　エ ゆっくり
オ リズム

15ページでホタルの種類《しゅるい》によって、光《ひか》ったり消《き》えたりするリズムがちがうことを、マリが説明《せつめい》しています。くらす場所《ばしょ》がちがうことも文章《ぶんしょう》にありました。

たんぼにいるのはヘイケボタルで、光《ひか》るリズムが速《はや》いのです。ジュノが持《も》ってきたのはゲンジボタルなので、光《ひか》るリズムがおそいのです。

なぞが解《と》けたあなたは、ゲンジボタルとヘイケボタルのちがいがよくわかっているわ!

虫《むし》のサバイバルデータ　ゲンジボタルの巻《まき》

ゲンジボタルは、本州《ほんしゅう》から九州《きゅうしゅう》までのきれいな水辺《みずべ》に広《ひろ》く分布《ぶんぷ》するホタルで、日本《にほん》では、発光《はっこう》するホタルとしてヘイケボタルとならんでよく知《し》られている種類《しゅるい》です。この2種《しゅ》は、卵《たまご》と幼虫《ようちゅう》、さなぎ、成虫《せいちゅう》がすべて発光《はっこう》し、幼虫《ようちゅう》は水《みず》の中《なか》でくらします。発《はっ》光《こう》する昆虫《こんちゅう》といえばホタルと思《おも》う人《ひと》が多《おお》いでしょうが、日本《にほん》にいる約《やく》50種《しゅ》のホタルのうち、明《あか》るく発光《はっこう》するのは3分《ぶん》の1にもなりません。

ゲンジボタルやヘイケボタルなど、発光《はっこう》するホタルは夜行性《やこうせい》で、オスとメスは暗《くら》やみの中《なか》で互《たが》いの光《ひかり》を目印《めじるし》に行動《こうどう》して、プロポーズしたり、ペアになって繁殖《はんしょく》したりします。種《しゅ》ごとに、光《ひかり》の強《つよ》さや光《ひか》り方《かた》にちがいがあるため、別《べつ》の種類《しゅるい》のオスとメスがペアになることはありません。

また、オスとメスでは発光器《はっこうき》の位置《いち》がちがうだけでなく、光《ひか》り方《かた》がちがっていて、オスは飛《と》びながら一定《いってい》の間隔《かんかく》で強《つよ》く発光《はっこう》するのに対《たい》し、メスは葉《は》の上《うえ》などにとまり、オスよりもゆっくりした一定《いってい》の間隔《かんかく》で光《ひか》ります。

さらに、ゲンジボタルは少《すこ》し変《か》わっていて、同《おな》じ種《しゅ》でも方言《ほうげん》のようなちがいがあります。東日本《ひがしにほん》のオスと西日本《にしにほん》のオスで、発《はっ》光《こう》する間隔《かんかく》がちがうのです。東日本《ひがしにほん》では発《はっ》光《こう》は4秒間隔《びょうかんかく》なのに対《たい》して、西日本《にしにほん》では2秒間隔《びょうかんかく》です。光《ひかり》を言葉《ことば》として考《かんが》えると、「東日本《ひがしにほん》はゆっくりとした口調《くちょう》で、西日本《にしにほん》は早口《はやくち》」ということになります。また、両《りょう》方《ほう》の境界《きょうかい》にあたる静岡県《しずおかけん》や長野県《ながのけん》では、東《ひがし》と西《にし》の中間《ちゅうかん》の3秒間隔《びょうかんかく》のオスがいることがわかっています。

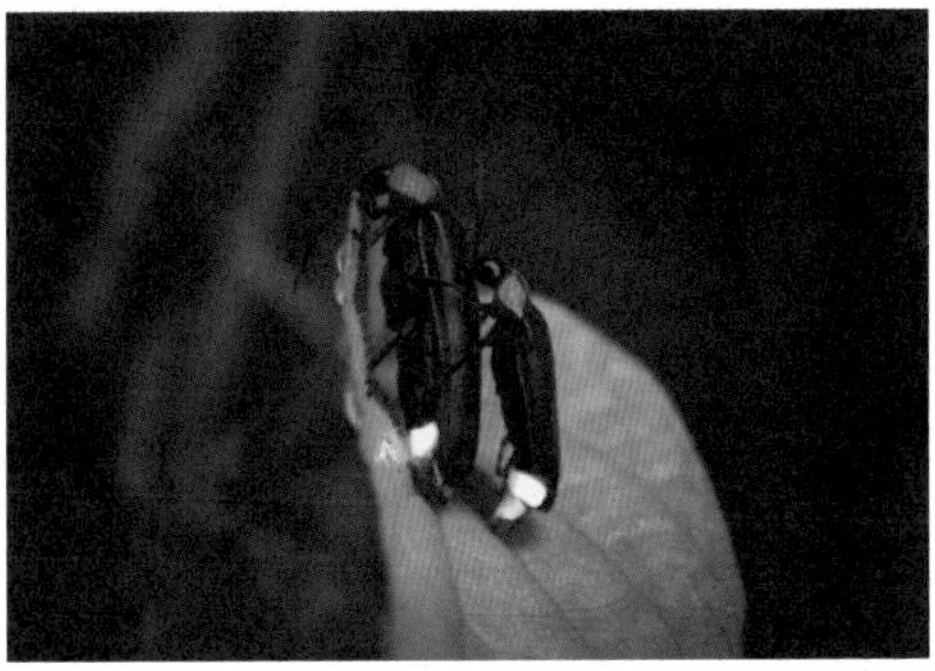

◀ゲンジボタルのメス（左《ひだり》）にプロポーズするオス（右《みぎ》）。

その後《ご》のストーリー

「ゲンジボタルをたんぼに放《はな》しても、ここでくらしているヘイケボタルとは種類《しゅるい》がちがうから、結婚《けっこん》できないの。もし、このあたりで同《おな》じゲンジボタルを見《み》つけて結婚《けっこん》することができて、卵《たまご》から幼虫《ようちゅう》が生《う》まれたとしても、ここにはゲンジボタルの幼《よう》虫《ちゅう》の食《た》べ物《もの》になるカワニナがいないから、結局《けっきょく》死《し》んでしまうわ。昆虫《こんちゅう》は、自分《じぶん》に適《てき》したところでしか、くらせないの。」と、マリがていねいに説明《せつめい》をした。

「それじゃ、このゲンジボタルは、やっぱりもともとくらしていた川《かわ》に返《かえ》すのがいちばんいいね。」と、ジュノもうなずいた。

「ホタルのことをひとだまとまちがえてびっくりしていた兄貴《あにき》も、一日《いちにち》でずいぶん勉強《べんきょう》したね。」と、ヌリにからかわれても、言《い》い返《かえ》せないジュノだったよ。

サバイバル推理《すいり》

3 ぬけ出《だ》せないアリジゴク

ジュノ、マリ、ヌリの三人《さんにん》が草《くさ》むらで昆虫採集《こんちゅうさいしゅう》をしている時《とき》だった。空中《くうちゅう》に光《ひかり》の玉《たま》が現《あらわ》れると、ゴー、ゴーという音《おと》とともに三人《さんにん》に近《ちか》づいてきた。そして、ピカッと目《め》もくらむような光《ひかり》のばく発《はつ》が起《お》きた。

「きゃ〜!」

「まぶしいっ!」

マリとヌリが同時《どうじ》にさけんだ。光《ひかり》のパワーに負《ま》けて、三人《さんにん》はその場《ば》にたおれこんだ。

気《き》がつくと、信《しん》じられないことが起《お》こっていた。

▶3人《にん》の上《うえ》でとつぜん、ピカッと光《ひか》った。

「く、草《くさ》が!」

ジュノが自分《じぶん》の背《せ》たけより大《おお》きくなった草《くさ》を見《み》て大声《おおごえ》をあげた。

「うわ〜!」

ヌリがおどろいてさけんだ。

「さっきの光《ひかり》で、草《くさ》が巨大《きょだい》になったのかもしれないぞ!?」

ジュノが、まわりを見《み》て言《い》うと、ヌリが続《つづ》けた。

◀まわりには巨大《きょだい》な草《くさ》があった。

推理《すいり》した日《ひ》 □月 □日

?! 文章全体《ぶんしょうぜんたい》を読《よ》んでまとめよう

1 どんな事件《じけん》が起《お》きたのか、□をうめて、まとめましょう。

三人《さんにん》が昆虫採集《こんちゅうさいしゅう》をしている時《とき》、空中《くうちゅう》に［ア なにが?］が現《あらわ》れて、ばく発《はつ》した。

気《き》がつくと、三人《さんにん》は［イ どう?］なっていた。先《さき》に立《た》って、寺《てら》に向《む》かった［ウ だれが?］が［エ なに?］の巣《す》に落《お》ちて攻撃《こうげき》された。

いったい、その攻撃《こうげき》の秘密《ひみつ》とは、何《なん》だろう?

「いったい何《なに》が起《お》こったんだ。オレたち、他《ほか》の星《ほし》にでも飛《と》んできちゃったんじゃないか？」

「二人《ふたり》とも、何言《なにい》ってるの。草《くさ》が大《おお》きくなったんじゃないわ。よく見《み》て。ワタシたちが小《ちい》さくなったのよ。自分《じぶん》の体《からだ》より大《おお》きな虫《むし》の死《し》がいを運《はこ》んでいるあのアリも、小石《こいし》も、草《くさ》も、どうやら元《もと》のままの大《おお》きさよ。何《なに》が起《お》こったのか、このあたりを探検《たんけん》してみましょう。」

マリが、まわりを見《み》わたしながら言《い》った。

ジュノとヌリも立《た》ち上《あ》がって、歩《ある》き始《はじ》めた。

◀小《ちい》さくなっても元気《げんき》なジュノ。

しばらく行《い》くと、お寺《てら》が見《み》えた。だれもいないようだ。

「このお寺《てら》なら、よく遊《あそ》んでいる場所《ばしょ》だよ。こっちが庭《にわ》さ。」

ヌリはそう言《い》うと、先《さき》に立《た》ってどんどん進《すす》んでいった。少《すこ》しおくれていたマリが、砂《すな》の坂《さか》で足《あし》をすべらせて転《ころ》んでしまった。

「いたたっ。砂《すな》って、けっこうすべるのね。」

「そうさ。すべり台《だい》に砂《すな》をまくと、よくすべるようになって、スピードが上《あ》がるの知《し》らない？　土《つち》のところなら、すべらないから、そっちを選《えら》んで歩《ある》こう。さあ、行《い》こう！」

ジュノがマリをはげましながら歩《ある》き始《はじ》めた時《とき》だった。

「うわぁ。っと、っと、っと……。」

庭《にわ》からヌリの声《こえ》が聞《き》こえた。ジュノとマリは、あわてて声《こえ》のした方《ほう》へ走《はし》った。


⬅先《さき》に文章《ぶんしょう》を23ページまで読《よ》みましょう。

2 **光《ひかり》の玉《たま》がばく発《はつ》した後《あと》に三人《さんにん》は、どうなったと考《かんが》えましたか。あてはまるものを線《せん》で結《むす》びましょう。**

ア ジュノ・　　・① 他《ほか》の星《ほし》にでも飛《と》んできたんじゃないか。

イ マリ・　　・② 草《くさ》が巨大《きょだい》になったのかもしれない。

ウ ヌリ・　　・③ ワタシたちが小《ちい》さくなった。

3 **マリが転《ころ》んだことについて、ジュノが自分《じぶん》の考《かんが》えを話《はな》しています。あてはまる記号《きごう》を書《か》きましょう。**

マリが坂《さか》で転《ころ》んだのは、（　　）で足《あし》をすべらせたからだ。すべり台《だい》に砂《すな》をまくと、よく（　　）ようになることからわかるように、土《つち》と比《くら》べると、砂《すな》は（　　）のだ。

① 土《つち》　② 砂《すな》　③ すべる　④ 転《ころ》ぶ
⑤ すべりにくい　⑥ すべりやすい

▶アリジゴクに落《お》ちてしまったヌリ。

「兄貴《あにき》〜！　助《たす》けてくれ〜〜!!」

声《こえ》をたよりに探《さが》していくと、地面《じめん》にできた茶《ちゃ》わんのようにくぼんだところで、ヌリがすべり落《お》ちそうになっていた。ジュノが声《こえ》をかけた。

「何《なに》やってるんだ。そのぐらい、早《はや》く登《のぼ》ってこいよ。」

「す、砂《すな》が、すべって、なかなか、はい上《あ》がれないんだよ。」

ヌリがそう言《い》った時《とき》、マリがさけんだ。

「あぶない！　後《うし》ろに気《き》をつけて!!」

茶《ちゃ》わんの底《そこ》から、巨大《きょだい》なきばが現《あらわ》れた。

「うわ〜、怪獣《かいじゅう》だ!!」

ヌリがさけんだ。

「それは、怪獣《かいじゅう》じゃないわ。アリジゴクよ！」

「アリジゴクって、何《なに》？」

ジュノがマリに聞《き》いた。

「アリジゴクは、ウスバカゲロウという、トンボに似《に》た昆虫《こんちゅう》の幼虫《ようちゅう》の名前《なまえ》なの。その幼虫《ようちゅう》が作《つく》る巣《す》の名前《なまえ》でもあるわ。アリジゴクは、砂地《すなじ》に作《つく》った巣《す》の底《そこ》にかくれていて、落《お》ちてきたアリなどのえものを大《おお》あごでさしてつかまえるの。そして、えものに消化《しょうか》液《えき》を流《なが》しこんで、中身《なかみ》をドロドロにとかしてから、吸《す》いこんで食《た》べるのよ。」

「ゲゲッ。ホントに怪獣《かいじゅう》じゃん。でも、アリって小《ちい》さいけど力持《ちからも》ちでしょ。なんで、このぐらいの坂《さか》を登《のぼ》ってこられないの？」

◀怪獣《かいじゅう》のようなアリジゴク。

4 アリジゴクとは、何《なに》を指《さ》しますか。正《ただ》しいものを二《ふた》つ選《えら》んで○をつけましょう。

ア ウスバカゲロウの成虫《せいちゅう》。
イ ウスバカゲロウの幼虫《ようちゅう》。
ウ アリの仲間《なかま》の昆虫《こんちゅう》。
エ トンボに似《に》た怪獣《かいじゅう》。
オ ウスバカゲロウの幼虫《ようちゅう》の巣《す》。

5 アリジゴクはどのようにくらしていますか。あてはまる言葉《ことば》を書《か》きましょう。

砂地《すなじ》に作《つく》った茶《ちゃ》わんのような形《かたち》の［　　］の底《そこ》にかくれて、えものを待《ま》っている。
落《お》ちてきたえものを［　　］でさして、つかまえたら消化液《しょうかえき》を流《なが》しこみ、とかしてから、吸《す》いこんで食《た》べる。

ジュノがおどろいていると、ヌリがまた大声《おおごえ》で言《い》った。

「早《はや》く助《たす》けてくれよ！　二人《ふたり》で何《なん》の話《はなし》をしてるんだよ。」

「ゴメン、ゴメン。でも、このぐらいの坂《さか》なら、登《のぼ》れなくちゃね～。」

ヌリをからかいながら、ジュノが言《い》った時《とき》だった。

アリジゴクが、ヌリに向《む》かって、パア～と砂《すな》をかけた。大《おお》きなあごと頭《あたま》を使《つか》って、器用《きよう》に砂《すな》を放《ほう》り上《あ》げる。頭《あたま》から砂《すな》をかぶったヌリは、すべってしまい、坂《さか》を登《のぼ》ることができない。

ヌリが必死《ひっし》の思《おも》いで、一歩《いっぽ》、二歩《にほ》と坂《さか》を登《のぼ》ると、また頭《あたま》の上《うえ》に細《こま》かい砂《すな》が大雨《おおあめ》のようにふってくる。少《すこ》し登《のぼ》ったかと思《おも》うと、ヌリはまたズルズルと足《あし》をすべらせた。

「さあ、ヌリ！　これに、つかまるんだ!!」

どこからか、長《なが》い棒《ぼう》きれを探《さが》し出《だ》してきたジュノが、砂《すな》にうもれそうなヌリにそれを差《さ》し出《だ》した。

「ありがとう、兄貴《あにき》！」

棒《ぼう》きれにつかまって、なんとかヌリは助《たす》かった。

「わかったぞ。アリジゴクは、ただ巣《す》の底《そこ》で待《ま》っているだけかと思《おも》ったら、ちがうんだ。」

いったい、ジュノはアリジゴクのどんな攻撃《こうげき》の秘密《ひみつ》がわかったのだろう。

▶砂《すな》を放《ほう》り上《あ》げるアリジゴク。

◀細《こま》かい砂《すな》がヌリにふりかかる。

ズバリ事件解決《じけんかいけつ》！

6 ジュノは、アリジゴクの攻撃《こうげき》の秘密《ひみつ》について、どんな推理《すいり》をしたのでしょう。

砂地《すなじ》に作《つく》った巣《す》の底《そこ》でえものを待《ま》つアリジゴクだが、えものが落《お》ちてくると、細《こま》かい［ア　　］を大雨《おおあめ》のようにふりかける。そうすると、えものは茶《ちゃ》わんのような形《かたち》をした［イ　　］の坂《さか》を登《のぼ》れなくなるのだ。

ズバリ、砂《すな》の坂《さか》を［ウ　　］やすくするのがアリジゴクの攻撃《こうげき》の秘密《ひみつ》だ！

サバイバル推理《すいり》 3 ぬけ出《だ》せないアリジゴク

解答《かいとう》&解説《かいせつ》

❶

㋐光の玉　㋑小さく　㋒ヌリ
㋓アリジゴク

まず、全体《ぜんたい》の流《なが》れをしっかりとつかみましょう。

空中《くうちゅう》でばく発《はつ》した光《ひかり》の玉《たま》によって、三《さん》人《にん》は小《ちい》さくなってしまいます。その後《あと》、寺《てら》に向《む》かいましたが、先《さき》に行《い》ったヌリがアリジゴクの巣《す》に落《お》ちてしまいました。坂《さか》を登《のぼ》らせないアリジゴクの攻撃《こうげき》の秘《ひ》密《みつ》を考《かんが》えます。

❷

㋐—②　㋑—③　㋒—①

20ページの後半《こうはん》から21ページ前半《ぜんはん》の会《かい》話《わ》を読《よ》みとります。ジュノとヌリはおどろくばかりでした。しかし、マリは、そばにいたアリや小石《こいし》の大《おお》きさを見《み》て、三人《さんにん》が小《ちい》さくなったと考《かんが》えました。

ココがポイント

❸

②、③、⑥

マリは転《ころ》んだことで、砂《すな》はすべりやすいと気《き》づきました。ジュノは、すべり台《だい》に砂《すな》をまくと、すべるスピードが上《あ》がると、経験《けいけん》から知《し》っていました。

❹

㋑、㋔

アリジゴクとは、ウスバカゲロウの幼《よう》虫《ちゅう》の名前《なまえ》であり、その幼虫《ようちゅう》がくらす巣《す》の名前《なまえ》でもあります。

❺

巣、大あご

アリジゴクは、巣《す》を作《つく》ったら、その底《そこ》にかくれて、えものが巣《す》に落《お》ちるのをじっと待《ま》っています。

22ページでマリが説明《せつめい》している内容《ないよう》を確《たし》かめておきましょう。

❻

㋐すな　㋑巣　㋒すべり

㋐は「砂《すな》」と漢字《かんじ》で書《か》いても正解《せいかい》です。

砂《すな》がすべりやすいことは、問題《もんだい》❸でおさえました。細《こま》かい砂《すな》を大雨《おおあめ》のようにふりかけることで、茶《ちゃ》わんのような形《かたち》のアリジゴクの巣《す》の坂《さか》は、すぐにくずれ、とてもすべりやすくなるわけです。巣《す》の底《そこ》で静《しず》かに待《ま》って、えものが落《お》ちてきた時《とき》に行《おこな》う、アリジゴクの攻撃《こうげき》の秘《ひ》密《みつ》をジュノは見《み》破《やぶ》ったのです。

虫《むし》のサバイバルデータ　アリジゴクの巻《まき》

アリジゴクは、ウスバカゲロウという昆《こん》虫《ちゅう》の幼虫《ようちゅう》です。

▲ウスバカゲロウ

ウスバカゲロウは、すがたは似《に》ていますがカゲロウの仲間《なかま》ではありません。クサカゲロウと同《おな》じアミメカゲロウという仲間《なかま》にふくまれます。

幼虫《ようちゅう》は神社《じんじゃ》やお寺《てら》の軒下《のきした》など、雨《あめ》が当《あ》たらないような乾《かわ》いた地面《じめん》に、すりばちのような形《かたち》の巣《す》を作《つく》って、その底《そこ》にかくれています。幼虫《ようちゅう》だけでなく、この巣のことを「アリジゴク」とも呼《よ》びます。

巣《す》の大《おお》きさは、直径《ちょっけい》1～8センチメートル、深《ふか》さ0.5～5センチメートルほど。初《はじ》めは小《ちい》さな巣《す》ですが、成長《せいちょう》に合《あ》わせて巣《す》を大《おお》きくしていきます。

巣《す》を作《つく》る場所《ばしょ》を決《き》めた幼虫《ようちゅう》は、外側《そとがわ》から円《えん》をえがくように後《うし》ろ向《む》きに進《すす》み、体《からだ》で砂《すな》をおしのけてほりながら、中心《ちゅうしん》に向《む》かっていきます。巣《す》の中心《ちゅうしん》まで行《い》くと、砂《すな》の中《なか》に尻《しり》から腹《はら》をもぐりこませます。そして、大《おお》あごでまわりの砂《すな》をかかえ、頭《あたま》をふって巣《す》の外《そと》に放《ほう》り投《な》げていきます。こうすると、つぶの大《おお》きな砂《すな》は巣《す》の外《そと》に飛《と》んでいき、つぶの細《こま》かい砂《すな》だけが巣《す》の中《なか》に残《のこ》ります。これをくり返《かえ》すと、くずれやすいかべでできた茶《ちゃ》わん型《がた》の巣《す》が完成《かんせい》します。

幼虫《ようちゅう》は、巣《す》に落《お》ちてくるアリやダンゴムシなど、地面《じめん》を歩《ある》き回《まわ》る小《ちい》さな生《い》き物《もの》をえさにしています。えものが巣《す》に迷《まよ》いこむと、中心《ちゅうしん》から砂《すな》を投《な》げつけて底《そこ》まで落《お》とし、砂《すな》から頭《あたま》と胸《むね》を乗《の》り出《だ》し、大《おお》あごでかみついて捕《つか》まえます。そして、口《くち》から消化液《しょうかえき》を送《おく》りこんで体《からだ》を中《なか》からとかし、それを吸《す》うのです。中《なか》が空《から》っぽになったえものは、巣《す》の外《そと》に放《ほう》り投《な》げます。

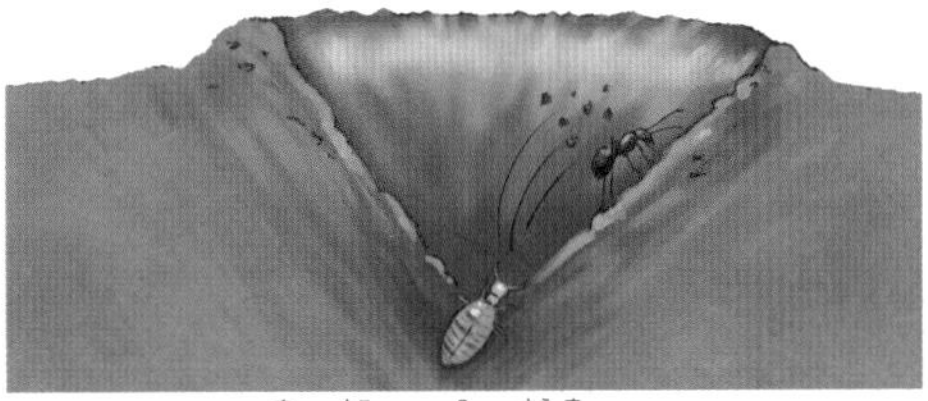

▲アリジゴクの巣《す》を横《よこ》から見《み》た様子《ようす》。

その後《ご》のストーリー

ようやく助《たす》かったヌリ。「足《あし》をふんばろうとしてもすべるし、一《いち》、二歩《にほ》がんばっても、また砂《すな》がザザーとふってくる。あの中《なか》に落《お》ちたら、ひとたまりもないよ。」と、あせをふきながら言《い》った。

「でもね、アリジゴクに落《お》ちるアリがそんなにいないし、落《お》ちたとしてもにげるのに必死《ひっし》でしょ。一《いっ》か月《げつ》に、一匹《いっぴき》か二匹《にひき》しか、えものにありつけないこともあるんだって。」とマリが説明《せつめい》した。

「ヌリが助《たす》かったのは、オレ様《さま》の、この棒《ぼう》のおかげさ！」と、いつまでもじまんしているジュノにマリが言《い》った。

「いいかげんにして！　日《ひ》がくれる前《まえ》に何《なん》とかしなくちゃ。小《ちい》さくなったままでいると危《き》険《けん》がいっぱいよ！」

三人《さんにん》は、このあとどうなるのだろうか……。

サバイバル推理《すいり》

4 黒《くろ》いボディーガード

アリぐらいに小《ちい》さくなってしまったジュノ、ヌリ、マリの三人《さんにん》は、草《くさ》むらの中《なか》をマリのおじいさんの家《いえ》を目指《めざ》して歩《ある》いていた。

「草《くさ》の大《おお》きさと比《くら》べると、ワタシたち、まるでイソギンチャクの中《なか》にいるクマノミみたいね。」

マリが言《い》うと、ジュノが言《い》い返《かえ》した。

▶草《くさ》むらを歩《ある》くジュノ、ヌリ、マリ（前《まえ》から）。

「なんで、イソギンチャクとクマなの？　クマってずっと大《おお》きいだろ。」

「兄貴《あにき》、クマノミだよ。知《し》らないの？」

「ん？　クマ……ノ、ミ……。え～っと、何《なん》だっけ？」

ジュノがごまかそうとすると、ヌリが話《はな》し始《はじ》めた。

「知《し》らないだろうな。クマノミは赤《あか》と黒《くろ》と白《しろ》のカラフルな魚《さかな》さ。イソギンチャクの中《なか》にいるんだよ。」

「ほかの生《い》き物《もの》は、イソギンチャクのとげにある毒《どく》にやられてしまうけど、クマノミとイソギンチャクは、うまくいっしょに生《い》きているの。いっしょに生《い》きている生《い》き物《もの》といえば、アリとアブラムシも有名《ゆうめい》よ。アリはアブラムシの世話《せわ》をして、アブラムシからほうびをもらうの。」

◀イソギンチャクとクマノミ。

推理《すいり》した日《ひ》　□月　□日

?! 文章全体《ぶんしょうぜんたい》を読《よ》んでまとめよう

1 どんな事件《じけん》が起《お》きたのか、□をうめて、まとめましょう。

三人《さんにん》が草《くさ》むらを歩《ある》いていると、ア だれの？［　　］の頭《あたま》に何《なに》かが落《お》ちてきた。それは、イ なにが？［　　］が出《だ》す ウ どんな？［　　］液体《えきたい》だ。

その液体《えきたい》をジュノとヌリがなめていたら、エ なにが？［　　］がおそってきた。ピンチを救《すく》ってくれたのは オ なに？［　　］だった。

どうして、アリはテントウムシを攻撃《こうげき》したのだろう？

◀草《くさ》にたくさんついているアブラムシ。

ヌリに続《つづ》いて、マリが説明《せつめい》した。

しばらく歩《ある》いていると、地面《じめん》が少《すこ》しベタベタしてきた。

「わっ。頭《あたま》に何《なに》かペトッて落《お》ちてきたよ。」

ヌリが頭《あたま》をさわりながら、上《うえ》の草《くさ》を見上《みあ》げた。

「草《くさ》にアブラムシがいるのね。それは、アブラムシがおしりから出《だ》したものよ。」

と、マリが教《おし》えると、

「うへー、じゃあ、おしっこ?」

ヌリは、あわてて手《て》で頭《あたま》をこすって取《と》ろうとした。上《うえ》を見《み》ていたジュノの、開《あ》いた口《くち》にもポトンと落《お》ちた。

「あれ、何《なん》だかあまいよ、これ。ジュースみたいだ!」

「それはね、アブラムシが出《だ》すあまい液体《えきたい》なの。さっき言《い》った、アリが喜《よろこ》ぶほうびよ。」

マリが、おどろいているジュノに説明《せつめい》した。

「じゃあ、食《た》べられるんだね。わーい!」

大喜《おおよろこ》びするジュノ。ヌリも、手《て》についた液体《えきたい》をなめた。

「たしかにあまいや。アブラムシはあそこの草《くさ》の上《うえ》にたくさんいるから、登《のぼ》ってみようよ。」

ジュノとヌリは、草《くさ》に飛《と》びつくと、ずんずん登《のぼ》っていった。


←先《さき》に文章《ぶんしょう》を29ページまで読《よ》みましょう。

2 クマノミとはどんな生《い》き物《もの》ですか。正《ただ》しいものすべてに○をつけましょう。

ア イソギンチャクといっしょに生《い》きている生《い》き物《もの》。
イ イソギンチャクのとげの毒《どく》にやられる生《い》き物《もの》。
ウ 赤《あか》と黒《くろ》と白《しろ》のカラフルな魚《さかな》。
エ クマのように大《おお》きな生《い》き物《もの》。

3 アリとアブラムシの関係《かんけい》についてまとめます。あてはまる言葉《ことば》を書《か》きましょう。

［　　］は、［　　　　］の世話《せわ》をして［　　　］をもらう。

▶アブラムシのあまい液体《えきたい》をなめるジュノ。

ジュノは、アブラムシがたくさんついている草《くさ》にまたがった。さっそくつかまえると、アブラムシが出《だ》すあまい液体《えきたい》をペロペロとなめ始《はじ》めた。

「あまくて、おいしい！　それに、アブラムシはたくさんいるから、とてもなめきれないぞ！」

別《べつ》の草《くさ》にまたがったヌリも、アブラムシをつかまえてなめた。

「ほんとにおいしいや！　マリも登《のぼ》っておいでよ。」

その時《とき》だった。

まわりのアブラムシが、急《きゅう》にざわざわと体《からだ》を動《うご》かし始《はじ》めた。

「何《なん》だか、アブラムシがさわいでいるぞ。」

ジュノがなめるのをやめて、まわりを見回《みまわ》した。葉《は》の先《さき》のほうに、赤《あか》くて大《おお》きな何《なに》かが見《み》えた。

「ジュノ、ヌリ、気《き》をつけて！　テントウムシがアブラムシをつかまえて食《た》べているわ。アブラムシにはテントウムシと戦《たたか》う武器《ぶき》がないの。あなたたちも食《た》べられちゃうかも！」

マリが地面《じめん》からさけんだ。

「テントウムシが飛《と》んできたのか。かわいい姿《すがた》なのに、オレたちを食《た》べようって言《い》うのか!?」

ジュノはテントウムシと戦《たたか》おうというつもりらしく葉《は》の上《うえ》に立《た》ち上《あ》がった。ところが、やわらかな葉《は》っぱだったので、足元《あしもと》がゆれてしまい、ジュノはバランス

▶アブラムシを食《た》べようとするナナホシテントウ。

4 **テントウムシとアブラムシとアリの関係《かんけい》はどうなっていますか。正《ただ》しいもの一《ひと》つを選《えら》んで○をつけましょう。**

ア アリがテントウムシを攻撃《こうげき》する。アブラムシがテントウムシを食《た》べる。

イ アリがアブラムシを食《た》べる。アブラムシがテントウムシを食《た》べる。

ウ テントウムシがアブラムシを食《た》べる。アリがテントウムシを攻撃《こうげき》する。

5 **アリがどうして来《き》たのかを考《かんが》えます。（　）にあてはまる記号《きごう》を書《か》きましょう。同《おな》じ記号《きごう》を何度《なんど》使《つか》ってもかまいません。**

アリは、（　　）を食《た》べにきた（　　）を追《お》いはらうためにやって来《き》た。

このように、（　　）は（　　）の世話《せわ》をする。

① アリ　② アブラムシ　③ テントウムシ
④ ジュノ　⑤ エサ　⑥ ボディーガード

をくずした。

「あっ！　あぶない！」

ヌリとマリが、同時《どうじ》にさけんだ。

必死《ひっし》に葉《は》にしがみついたジュノの上《うえ》を、黒《くろ》い影《かげ》が通《とお》り過《す》ぎた。葉《は》の上《うえ》をなれた様子《ようす》で、タタタタッと進《すす》んでいく。黒《くろ》い影《かげ》は一《ひと》つ、二《ふた》つ、三《みっ》つとどんどん増《ふ》えてきて、テントウムシにおそいかかった。

そのすきに、ジュノとヌリは草《くさ》からすべりおりた。

▶テントウムシと戦《たたか》うアリ。

「あぶなかった！　でも、助《たす》けてくれたのはアリだよね？」

命《いのち》からがら地面《じめん》におりてきたヌリが、さっきまで自分《じぶん》がいた草《くさ》の上《うえ》を見上《みあ》げながら言《い》った。どうやら、アリがテントウムシを攻撃《こうげき》して、追《お》いはらったようだ。

「どうして、アリがオレたちのボディーガードになってくれたんだ？」

ジュノが不思議《ふしぎ》そうに言《い》った。

「アリは、あなたたちを助《たす》けにきたわけじゃないわ。テントウムシをやっつける理由《りゆう》があるのよ。」

マリは、どうやらその秘密《ひみつ》をわかっているようだ。

どうして、アリはテントウムシを攻撃《こうげき》したのだろう。

ズバリ 事件解決《じけんかいけつ》！

6 マリは、アリの攻撃《こうげき》の秘密《ひみつ》について、どう考《かんが》えたのでしょう。

テントウムシから攻撃《こうげき》を受《う》けた時《とき》、ア［　　　］には、それと戦《たたか》うイ［　　　］がない。ズバリ、ウ［　　　］はアブラムシを敵《てき》の攻撃《こうげき》から守《まも》ることで、エ［　　　］液体《えきたい》というほうびをもらい、うまくいっしょに生《い》きているのだ！

サバイバル推理《すいり》

4 黒《くろ》いボディーガード

解答《かいとう》&解説《かいせつ》

①

㋐ ヌリ　㋑ アブラムシ
㋒ あまい　㋓ テントウムシ
㋔ アリ

まず、全体《ぜんたい》の流《なが》れをしっかりとつかみましょう。

ヌリの頭《あたま》に落《お》ちてきたのはアブラムシが出《だ》したあまい液体《えきたい》でした。ジュノとヌリがそれをなめていると、テントウムシがおそってきます。助《たす》けてくれたのはアリでした。

②

㋐、㋒

クマノミについては、26ページの後半《こうはん》でヌリとマリが説明《せつめい》しています。イソギンチャクとの関係《かんけい》を、きちんとおさえておきましょう。

③

アリ、アブラムシ、ほうび

「ほうび」は「あまい液体《えきたい》」でも正解《せいかい》です。

アリとアブラムシは、クマノミとイソギンチャクのように、いっしょに生《い》きる生《い》き物《もの》です。「世話《せわ》」↔「ほうび」という関係《かんけい》もおさえておきましょう。

④

㋒

どの虫《むし》が、どの虫《むし》を攻撃《こうげき》したり食《た》べたりしているのか、関係《かんけい》を正《ただ》しく読《よ》み取《と》りましょう。

ココがポイント

⑤

②、③、①、②

アリは、アブラムシの敵《てき》を追《お》いはらいます。これが「世話《せわ》」にあたります。

アブラムシは、アリにあまい液体《えきたい》をあげます。これが「ほうび」です。

⑥

㋐ アブラムシ　㋑ ぶき
㋒ アリ　㋓ あまい

「武器《ぶき》」と漢字《かんじ》で書《か》いても正解《せいかい》です。


アリがアブラムシの世話《せわ》をするのは、「あまい液体《えきたい》」がもらえるからでした。

一方《いっぽう》、アブラムシはアリのおかげで、敵《てき》から身《み》を守《まも》ることができます。

つまり、アブラムシもアリも、両方《りょうほう》とも、何《なに》か得《とく》をするのだということをおさえておきましょう。

アリもあまいものが
大好《だいす》きだってことがわかったよ。
キミは、
アリとアブラムシの関係《かんけい》が
よくわかったかな。

虫《むし》のサバイバルデータ　アリとアブラムシの巻《まき》

　アブラムシはセミやカメムシと同《おな》じ仲間《なかま》の昆虫《こんちゅう》で、植物《しょくぶつ》の汁《しる》を吸《す》ってくらしています。小《ち》さくて、毒《どく》や身《み》を守《まも》る武器《ぶき》をもっていない種類《しゅるい》が多《おお》いので、テントウムシをはじめ、ヒラタアブの幼虫《ようちゅう》やクサカゲロウなどのエサになっています。

　でも、アブラムシのなかには、アリに敵《てき》を追《お》い払《はら》ってもらって身《み》を守《まも》っている種類《しゅるい》がたくさんいます。このような種類《しゅるい》は、おしりから「甘露《かんろ》」というあまい液体《えきたい》を出《だ》して、これをアリにあげることで、アリに守《まも》ってもらっています。なかには、アブラムシがいる茎《くき》や枝《えだ》の上《うえ》を木《き》くずや砂《すな》などで

▲アリとアブラムシの共生《きょうせい》。

覆《おお》って守《まも》るものもいます。このような関係《かんけい》が、アリが牧場《まきば》でアブラムシを飼《か》っているように見《み》えることから、アブラムシを「ありまき」と呼《よ》ぶこともあります。このように、互《たが》いに相手《あいて》に利益《りえき》を与《あた》えるような関係《かんけい》を「共生《きょうせい》（相利共生《そうりきょうせい》）」と言《い》います。

　甘露《かんろ》をもらうとき、アリはアブラムシのおしりを触角《しょっかく》で軽《かる》くたたきます。これが刺《し》激《げき》になってアブラムシは甘露《かんろ》を出《だ》します。甘露《かんろ》は、アブラムシが植物《しょくぶつ》の汁《しる》を吸《す》って栄《えい》養《よう》を取《と》り入《い》れたあとの排出物《はいしゅつぶつ》で、余分《よぶん》な糖《とう》分《ぶん》がたくさん含《ふく》まれています。そのために、カビたり、べたべたしているので乾《かわ》くと固《かた》まって、うまく排出《はいしゅつ》できなかったり、体《からだ》について動《うご》けなくなったりして死《し》ぬこともあります。

　ですから、アブラムシにとっては、アリにおいしい甘露《かんろ》をあげているというよりも、いらなくなったものをあげて、おまけに身《み》を守《まも》ってもらっているという、じつは「ちょっとお得《とく》な関係《かんけい》」なのです。

その後《ご》のストーリー

「アリはアブラムシのボディーガードということだね。」とジュノが言《い》うと、「それだけじゃないわ。」と、またマリが説明《せつめい》を始《はじ》めた。「アリはアブラムシを守《まも》っているだけじゃないの。あまい液体《えきたい》が体《からだ》にたまると、アブラムシにとってよくないから、アリが触角《しょっかく》でアブラムシの体《からだ》をたたいて、あまい液体《えきたい》を出《だ》させるの。つまり、お医者《いしゃ》さんの役割《やくわり》も果《は》たしているのよ。」

　草《くさ》の上《うえ》を見《み》ると、さっきまでテントウムシと戦《たたか》っていたアリが、アブラムシのあまい液体《えきたい》をなめている。

「おいしそうになめているね。きっと大好物《だいこうぶつ》なんだろうな。」とヌリが言《い》うと、「アリとアブラムシって、うまくできた関《かん》係《けい》よね。」とマリも感心《かんしん》していたよ。

土《つち》の中《なか》から現《あらわ》れた怪《かい》獣《じゅう》

ジュノ、マリ、ヌリがおじいさんの家《いえ》にたどり着《つ》く前《まえ》に、夜《よる》が来《き》てしまった。しかたないので、小《ちい》さくなってしまった三人《さんにん》は、木《き》の根元《ねもと》に葉《は》っぱをしいてねむることにした。

ゴソゴソと音《おと》がしたかと思《おも》うと、葉《は》の下《した》から、大《おお》きな目《め》と、するどいつめを持《も》った怪獣《かいじゅう》のような生《い》き物《もの》が現《あらわ》れた。ジュノたちの数倍《すうばい》の大《おお》きさがありそうだ。

▶葉《は》の下《した》から現《あらわ》れた怪獣《かいじゅう》。

あわててにげようとしたジュノは、しりもちをついてしまった。立《た》ち上《あ》がろうとしながら、ジュノがさけんだ。

「うわ、怪獣《かいじゅう》だ!」

「ちがう! あれは、アブラゼミの幼虫《ようちゅう》よ! ワタシたちが小《ちい》さくなっているから怪獣《かいじゅう》に見《み》えるのよ。」

ゆっくりと土《つち》の中《なか》から体《からだ》を出《だ》す怪獣《かいじゅう》の姿《すがた》を見《み》ながら、マリが落《お》ち着《つ》いて説明《せつめい》した。

「何年《なんねん》も土《つち》にもぐっていたアブラゼミの幼虫《ようちゅう》が、やっと成虫《せいちゅう》になるために土《つち》の中《なか》から出《で》てきたの。これから、木《き》に登《のぼ》って羽化《うか》するんだわ。」

推理《すいり》した日《ひ》 □月 □日

?! 文章《ぶんしょう》全体《ぜんたい》を読《よ》んでまとめよう

1 どんな事件《じけん》が起《お》きたのか、□をうめて、まとめましょう。

ジュノ、マリ、ヌリの三人《さんにん》が、

ア どこの? □ の中《なか》から出《で》てきた、アブラゼミの

イ なにが? □ が羽化《うか》するところを見《み》ようとしたが、とちゅうでねむってしまった。

目《め》が覚《さ》めてから、別《べつ》のセミが

ウ どこに? □ に エ なにを? □ を産《う》んでいるところを観察《かんさつ》した。

どうして、セミの卵《たまご》は オ どのくらい? □ 近《ちか》く木《き》の上《うえ》にあるのだろう?

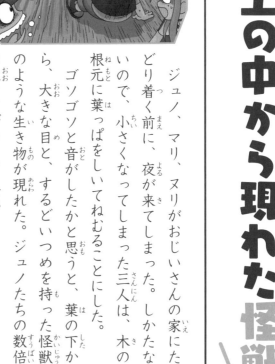

◀セミの幼虫《ようちゅう》の背中《せなか》が割《わ》れた。

「羽化《うか》って、おとなのセミになること？」

ヌリがたずねた。

「そうよ。幼虫《ようちゅう》が木《き》の幹《みき》につかまってしばらくすると、背中《せなか》がたてに割《わ》れてくるわ。そして、成虫《せいちゅう》が頭《あたま》からだんだん姿《すがた》を見《み》せるの。飛《と》べるようになるには、何時間《なんじかん》もかかるのよ。」

マリが話《はな》している間《あいだ》に、先《さき》ほどの幼虫《ようちゅう》は木《き》を登《のぼ》り始《はじ》めた。

「面白《おもしろ》そうだから、あのセミを近《ちか》くで見《み》ようよ！」

そう言《い》うと、ジュノは木《き》に飛《と》びついた。小《ちい》さくなっているせいか、身《み》軽《がる》にタッ、タッ、と登《のぼ》っていける。マリとヌリもジュノに続《つづ》いた。

「がんばれ！」

上《うえ》を行《い》くジュノが、下《した》のマリに声《こえ》をかけた。

「うん。」

マリが手《て》に力《ちから》を入《い》れながら答《こた》える。

「気《き》をつけて！」

ヌリも下《した》からさけんだ。なんとか、幼虫《ようちゅう》のそばの木《き》の穴《あな》にたどり着《つ》いた三人《さんにん》は、そこで観察《かんさつ》を続《つづ》けることにした。

それから数十分《すうじっぷん》待《ま》つと、動《うご》かなかった茶色《ちゃいろ》い幼虫《ようちゅう》の背中《せなか》が、パキッとさけて割《わ》れた。

▶木《き》を登《のぼ》る３人《にん》。

←先《さき》に文章《ぶんしょう》を35ページまで読《よ》みましょう。

2 土《つち》の中《なか》から現《あらわ》れた怪獣《かいじゅう》とは、何《なん》でしたか。正《ただ》しいものを一《ひと》つ選《えら》んで○をつけましょう。

ア ジュノの夢《ゆめ》の中《なか》に出《で》てきた怪獣《かいじゅう》。
イ おとなの数倍《すうばい》の大《おお》きさがある怪獣《かいじゅう》。
ウ アブラゼミの幼虫《ようちゅう》。

3 アブラゼミの羽化《うか》を、文章《ぶんしょう》にそって時間《じかん》の順《じゅん》にまとめます。（　）にあてはまる記号《きごう》を書《か》きましょう。

ア→（　）→（　）→（　）→（　）→（　）

ア 土《つち》から出《で》る。
イ はねがかわいて、飛《と》べるようになる。
ウ 木《き》に登《のぼ》る。
エ 背中《せなか》が割《わ》れる。
オ 白《しろ》っぽい体《からだ》が少《すこ》し外《そと》に出《で》る。
カ 体《からだ》が半分《はんぶん》ほど出《で》て、動《うご》かなくなる。

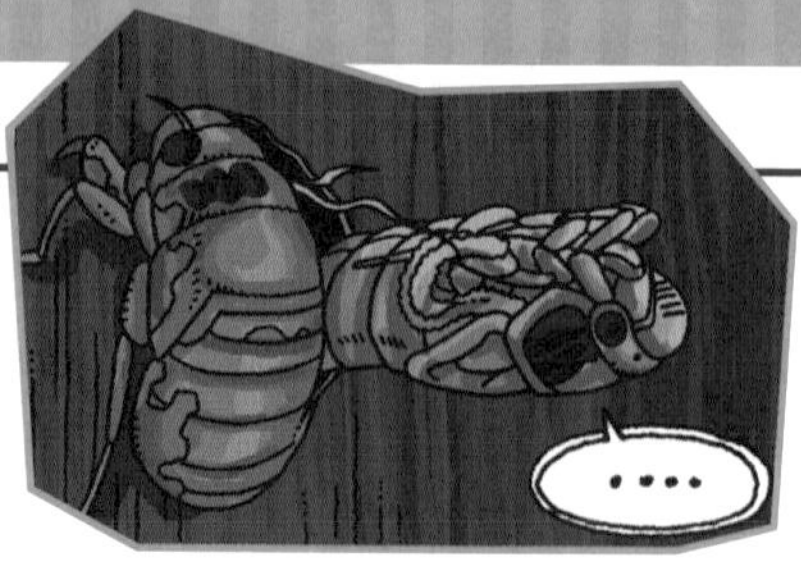

▶体《からだ》を半分《はんぶん》ほど外《そと》に出《だ》して動《うご》かなくなった成虫《せいちゅう》。

しばらく待《ま》っていると、割《わ》れ目《め》から白《しろ》っぽい体《からだ》が見《み》えてきた。そして、体《からだ》が半分《はんぶん》ほど外《そと》に出《で》ると、そのまま背中《せなか》をそらしたようにして動《うご》かなくなった。

「どのくらい、このままなの？」

ジュノが、ちょっとあきた様子《ようす》でマリに聞《き》いた。

「平均《へいきん》で二《に》〜三時間《さんじかん》よ。それから全身《ぜんしん》が出《で》て、はねがかわいたら飛《と》べるようになるわ。」

「え、それじゃあ、夜《よ》が明《あ》けちゃうよ。」

ジュノがおどろいて言《い》った。

「そうよね。地面《じめん》におりてひとねむりして、明《あ》け方《がた》にまた登《のぼ》ってきましょうよ。」

マリに賛成《さんせい》して、みんなはゆっくりと木《き》をおりた。

目《め》が覚《さ》めると、もうお昼近《ひるちか》い時間《じかん》だった。

「あっ、セミはどうしたかな？」

ジュノが、目《め》をこすりながら木《き》を見上《みあ》げた。

「あ〜あ、もうこんな時間《じかん》。セミは、とっくに空《そら》を飛《と》び回《まわ》ってるわよ。」

マリが、体《からだ》をのばしながら言《い》った。

「あれは、別《べつ》のセミかな？　あそこにとまってるよ。」

ヌリが、木《き》の上《うえ》のほうを指差《ゆびさ》した。それは、メスのセミらしく、おしりの管《くだ》を動《うご》かして木《き》に穴《あな》をあけている。どうやら、卵《たまご》を産《う》みつけているようだ。三人《さんにん》はまた木《き》に登《のぼ》って、近《ちか》くで観察《かんさつ》することにした。産卵《さんらん》の様《よう》

▶体《からだ》がすべて外《そと》に出《で》たアブラゼミ。

4 **ジュノは何《なに》について、「なんだか、おかしいぞ。」と言《い》ったのですか。正《ただ》しいものを一《ひと》つ選《えら》んで○をつけましょう。**

ア 羽化《うか》したばかりのアブラゼミが、もう卵《たまご》を産《う》んでいること。

イ 親《おや》は卵《たまご》を木《き》の上《うえ》に産《う》んでいるのに、アブラゼミの幼虫《ようちゅう》は土《つち》から出《で》てきたこと。

ウ 卵《たまご》を産《う》んでいるメスのそばに、オスのアブラゼミが見当《みあ》たらないこと。

5 **地面《じめん》に落《お》ちたジュノは何《なに》に気《き》づきましたか。（　）に合《あ》う言葉《ことば》を選《えら》んで、記号《きごう》で答《こた》えましょう。**

地面《じめん》に落《お》ちたが、あまり（　　）。
それは、地面《じめん》が（　　）でほれるほど
（　　）からだと気《き》づいた。

①痛《いた》かった　②痛《いた》くなかった
③手《て》　④セミのしり　⑤スコップ
⑥やわらかい　⑦かたい

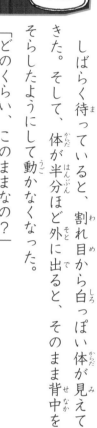

子《す》を見《み》ながら、ヌリがボソッと小声《こごえ》で言《い》った。

「幼虫《ようちゅう》は土《つち》から出《で》てくるのに、親《おや》は木《き》に卵《たまご》を産《う》むんだね。」

「なんだか、おかしいぞ。それじゃあ、セミの幼虫《ようちゅう》は、いつ木《き》の上《うえ》から地面《じめん》の中《なか》に移動《いどう》するの？」

ジュノが不思議《ふしぎ》そうに言《い》った。

「夏《なつ》、産《う》みつけられた卵《たまご》は、木《き》の上《うえ》で冬《ふゆ》をこして、来年《らいねん》の梅雨《つゆ》の終《お》わりごろに卵《たまご》からかえるの。それから、地面《じめん》に落《お》ちて土《つち》にもぐるのよ。」

マリが説明《せつめい》すると、ジュノはおどろいたようにマリのほうを見《み》た。

「えっ、一年近《いちねんちか》くもかかるの？　なんで、そんなに長《なが》く卵《たまご》のままで木《き》の上《うえ》にいるんだ？」

ジュノは、答《こた》えを聞《き》くかのように、卵《たまご》を産《う》んでいるセミのほうに体《からだ》を近《ちか》づけようとした。だが、バランスをくずして地面《じめん》に落《お》ちてしまった。

「いてててて……。あれ、そんなに痛《いた》くないぞ。この地面《じめん》、やわらかくて、手《て》でもほれるや。」

立《た》ち上《あ》がろうと手《て》をついたジュノは、何《なに》か思《おも》いついたように、やわらかい土《つち》を手《て》でほり返《かえ》した。

「わかった！　卵《たまご》のままで長《なが》く木《き》の上《うえ》にいるのは、この時期《じき》を待《ま》つ理由《りゆう》があるんだよ。」

◀木《き》から落《お》ちたジュノ。

ズバリ 事件解決《じけんかいけつ》！

6 ジュノは、セミの卵《たまご》が長《なが》い間《あいだ》木《き》の上《うえ》にある理由《りゆう》について、どんな推理《すいり》をしたのでしょう。

夏《なつ》に産《う》みつけられた［ア　　］は、木《き》の上《うえ》でおよそ［イ　　］をすごして、次《つぎ》の年《とし》の梅雨《つゆ》の終《お》わりごろ［ウ　　］になって、地面《じめん》に落《お》ちる。ズバリ、幼虫《ようちゅう》がすぐに土《つち》の中《なか》にもぐれるように、土《つち》が［エ　　］くなる梅雨《つゆ》の終《お》わりごろまで、卵《たまご》のままで長《なが》く木《き》の上《うえ》にいるのだ！

サバイバル推理《すいり》

5 土《つち》の中《なか》から現《あらわ》れた怪《かい》獣《じゅう》

解《かい》答《とう》&解《かい》説《せつ》

①

ア 土　イ よう虫　ウ 木
エ たまご　オ 一年

「幼虫《ようちゅう》」「卵《たまご》」と漢字《かんじ》で書《か》いても正解《せいかい》です。

まず、全体《ぜんたい》の流《なが》れをしっかりとつかみましょう。
土《つち》の中《なか》から現《あらわ》れ、怪獣《かいじゅう》に見《み》えたのはアブラゼミの幼虫《ようちゅう》でした。三人《さんにん》は羽化《うか》を観察《かんさつ》するつもりでしたが、ねむってしまいます。次《つぎ》に見《み》たのは、セミの産卵《さんらん》でした。セミの卵《たまご》が木《き》の上《うえ》に長《なが》くいる理由《りゆう》が、ジュノには、わかったようです。

②

ウ
ジュノは、自分《じぶん》の体《からだ》が小《ちい》さくなっていることを忘《わす》れていたので、現《あらわ》れたセミの幼虫《ようちゅう》のことを怪獣《かいじゅう》だと思《おも》ったのです。

③

(ア)→ウ→エ→オ→カ→イ

セミが羽化《うか》する様子《ようす》について、33ページから34ページにかけて観察《かんさつ》し、マリも説明《せつめい》しています。羽化《うか》には長《なが》い時間《じかん》がかかることがわかります。

④

イ
セミの幼虫《ようちゅう》は地面《じめん》から出《で》てきたのに、卵《たまご》は地面《じめん》ではなく、木《き》の上《うえ》に産《う》みつけられていました。幼虫《ようちゅう》はどうやって木《き》の上《うえ》から地面《じめん》の中《なか》にもぐるのかを、ジュノは考《かんが》え始《はじ》めたのです。

ココがポイント

⑤

②、③、⑥
地面《じめん》に落《お》ちたジュノが「そんなに痛《いた》くないぞ。」と言《い》った後《あと》に、どんな行動《こうどう》をとったか読《よ》み取《と》りましょう。

⑥

ア たまご　イ 一年　ウ よう虫
エ やわらか

幼虫《ようちゅう》が地面《じめん》に落《お》ちて、土《つち》の中《なか》にもぐるには、幼虫《ようちゅう》でも簡単《かんたん》にほれるように、地面《じめん》がやわらかいことが大切《たいせつ》な条件《じょうけん》となります。梅雨《つゆ》の終《お》わりごろには、雨《あめ》が降《ふ》って地面《じめん》がやわらかくなっていることを、ジュノは自分《じぶん》の体験《たいけん》から理解《りかい》したのです。

虫《むし》のサバイバルデータ　アブラゼミの巻《まき》

アブラゼミは、日本《にほん》で多《おお》く見《み》られるセミで、林《はやし》や果樹園《かじゅえん》、公園《こうえん》、街路《がいろ》や庭《にわ》などにもいます。セミというと、「幼虫《ようちゅう》は7年間《ねんかん》土《つち》の中《なか》で育《そだ》って、羽化《うか》すると1週間《しゅうかん》で死《し》んでしまう」と思《おも》っている人《ひと》もいるでしょう。でもこれは、セミの一生《いっしょう》がよくわかっていなかったために広《ひろ》まった、不確《ふたし》かな情報《じょうほう》で、それが多《おお》くの人《ひと》に信《しん》じられてしまったのです。

20年《ねん》ほど前《まえ》から研究《けんきゅう》が進《すす》み、アブラゼミは産卵《さんらん》された次《つぎ》の年《とし》の梅雨《つゆ》の終《お》わりごろから初夏《しょか》にかけてふ化《か》し、すぐに土《つち》にもぐると3～4年間《ねんかん》を土《つち》の中《なか》で過《す》ごすことがわかってきました。幼虫《ようちゅう》は、この間《あいだ》に4回脱皮《かいだっぴ》して大《おお》きな幼虫《ようちゅう》になり、産卵《さんらん》から4～5年《ねん》たった夏《なつ》に地上《ちじょう》に出《で》て木《き》に登《のぼ》り、羽化《うか》するようです。

◀地中《ちちゅう》のアブラゼミの幼虫《ようちゅう》。土《つち》をどけてみた様子《ようす》。

セミの幼虫期間《ようちゅうきかん》がほかの多《おお》くの昆虫《こんちゅう》よりも長《なが》いのは、幼虫《ようちゅう》の食物《しょくもつ》と関係《かんけい》があります。幼虫《ようちゅう》は植物《しょくぶつ》の根《ね》に口《くち》を突《つ》き刺《さ》し、水《みず》と栄養《えいよう》を運《はこ》ぶ管《くだ》に流《なが》れる液《えき》を吸《す》いますが、この液《えき》はほとんどが水《みず》で栄養《えいよう》はわずかしかありません。そのため、十分《じゅうぶん》に成長《せいちょう》する栄養《えいよう》を得《え》るのに時間《じかん》がかかるのです。

また、成虫《せいちゅう》の期間《きかん》も1週間《しゅうかん》ではなく、1か月《げつ》ほど生《い》き続《つづ》けることがわかりました。このことが多《おお》くの人《ひと》に知《し》られるようになったのは、岡山県《おかやまけん》の高校生《こうこうせい》の研究《けんきゅう》がきっかけです。小学生《しょうがくせい》のころから生《い》き物《もの》が好《す》きで、セミを題材《だいざい》とした自由研究《じゆうけんきゅう》などをしていたそうで、高校《こうこう》ではサイエンス部《ぶ》に所属《しょぞく》していました。セミの成虫《せいちゅう》の寿命《じゅみょう》に疑問《ぎもん》を抱《いだ》いた彼《かれ》は、2016年《ねん》の夏《なつ》に3か月《げつ》かけて観察《かんさつ》をし、結果《けっか》をまとめて発表《はっぴょう》したのです。

その後《ご》のストーリー

「梅雨《つゆ》の終《お》わりは、土《つち》がやわらかくなっているから、地面《じめん》がほりやすいんだ。だから、その時期《じき》までじっと待《ま》ってから幼虫《ようちゅう》になって、木《き》の上《うえ》から下《した》に落《お》ちて、地面《じめん》にもぐっていくんだよ。」とジュノが自分《じぶん》の体験《たいけん》をもとに話《はな》した。

「そして、その後《あと》も土《つち》の中《なか》で三《さん》～四年《よねん》も過《す》ごして、ようやく地上《ちじょう》に出《で》てくるのよ。」とマリが続《つづ》けて説明《せつめい》する。

「ボクは、とてもそんなに長《なが》い間《あいだ》じっとしていられないよ。」と言《い》うヌリ。

「でも、そんなに長《なが》い時間《じかん》をかけて大人《おとな》になる準備《じゅんび》をしているなんてすごいな。セミの鳴《な》き声《ごえ》がいままでとはちがって聞《き》こえるよ。」と、セミを見《み》上《あ》げるジュノだったよ。

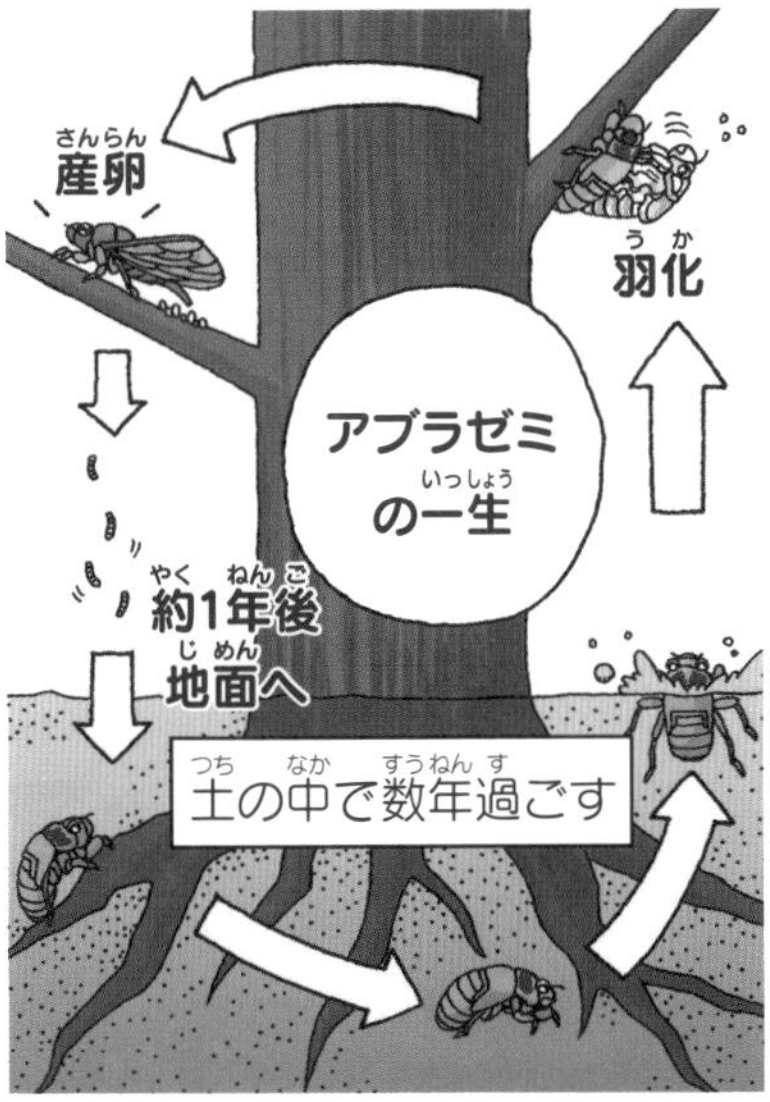

推理《すいり》した日《ひ》 □月 □日

サバイバル推理《すいり》

6 おそろしいハンター

▶クラッカーを見《み》つけて喜《よろこ》ぶ3人《にん》。

ジュノ、マリ、ヌリの三人《さんにん》は、マリのおじいさんの家《いえ》に帰《かえ》ろうと歩《ある》き続《つづ》けているが、なかなかたどりつかない。体《からだ》が小《ち》さくなってしまったので、がんばって歩《ある》いても、思《おも》ったほどには進《すす》まないのだ。おなかをすかせて歩《ある》いていると、ふくろに入《はい》った大《おお》きなクラッカーが見《み》えた。

「やったああ!! これは、ボクが二日前《ふつかまえ》に落《お》としたクラッカーだ。助《たす》かった〜!」

ヌリは大喜《おおよろこ》びした。

「よし! 食《た》べよう。」

体《からだ》より大《おお》きなクラッカーに、三人《さんにん》はかぶりついた。

「肉《にく》も食《た》べたいなあ。そういえば、虫《むし》は肉《にく》を食《た》べないでしょ？」

クラッカーを食《た》べながらジュノがマリに聞《き》いた。

「そんなことないわよ。カマキリはえものをカマではさんで、小《ち》さな昆虫《こんちゅう》を食《た》べているし、同《おな》じカマキリ同士《どうし》で共食《ともぐ》いだってするわ。時《とき》には自分《じぶん》より大《おお》きなトカゲやカエルだって食《た》べる、肉食《にくしょく》の昆虫《こんちゅう》の代表《だいひょう》ね。」

◀えものをカマではさんで食《た》べるカマキリ。

?! 文章全体《ぶんしょうぜんたい》を読《よ》んでまとめよう

1 どんな事件《じけん》が起《お》きたのか、□をうめて、まとめましょう。

ジュノ、マリ、ヌリが、おじいさんの家《いえ》に帰《かえ》るとちゅうで、大《おお》きな

ア なにを？ □ を見《み》つけて食《た》べた。歩《ある》きつかれて休《やす》んだ時《とき》、

イ だれの？ □ の目《め》の前《まえ》に、

ウ なんの？ □ の体《からだ》の一部《いちぶ》が落《お》ちてきた。

カマキリを食《た》べた犯人《はんにん》は、いったい何者《なにもの》なのだろう？

▶虫《むし》について説明《せつめい》するマリ。

マリが、きっぱりと言《い》った。

「カマキリは、目《め》の前《まえ》に動《うご》くものがあると、えものだと思《おも》ってカマでおそうの。だから、メスのカマキリが、いっしょにいるオスを食《た》べてしまうことだってあるのよ。」

マリがじまんの知識《ちしき》を、さらにひろうした。

「アブラムシを食《た》べるテントウムシも肉食《にくしょく》よ。虫《むし》の食《た》べ物《もの》はさまざまなの。チョウやハチは花《はな》のみつを吸《す》うし、青虫《あおむし》はキャベツやダイコンの葉《は》を食《た》べる。樹液《じゅえき》が大好《だいす》きなクワガタムシやカブトムシもいるわ。」

「よ〜くわかりました、マリ先生《せんせい》。さあ、おなかもいっぱいになったし、おじいさんの家《いえ》を目指《めざ》して出発《しゅっぱつ》だ！」

ジュノが、マリの話《はなし》をさえぎるように言《い》って、立《た》ち上《あ》がった。

それから三時間《さんじかん》ほど歩《ある》き続《つづ》けた三人《さんにん》だが、どうやら草《くさ》むらの中《なか》で、迷《まよ》ってしまったらしい。

「足《あし》が痛《いた》くなってきたわ。少《すこ》し休《やす》みましょう。」

マリが、足《あし》をひきずるようにしながら言《い》った。

草《くさ》の根元《ねもと》に三人《さんにん》は座《すわ》った。

「ふぁ〜。」

ジュノは、大《おお》きくのびをした。

「つかれたわね。」

マリの言葉《ことば》には返事《へんじ》をせずに、ジュノはとつぜん立《た》ち上《あ》がると、スタスタと歩《ある》いていった。

⬅先《さき》に文章《ぶんしょう》を41ページまで読《よ》みましょう。

◀草《くさ》の根元《ねもと》で休《やす》むジュノ、マリ、ヌリ（左《ひだり》から）。

2 マリは、カマキリがどんなものを食《た》べていると言《い》っていますか。あてはまるものすべてに○をつけましょう。

- ア 小《ちい》さな昆虫《こんちゅう》
- イ クラッカー
- ウ トカゲやカエル
- エ 他《ほか》のカマキリ
- オ 花《はな》のみつ

3 カマキリ以外《いがい》の虫《むし》はどんなものを食《た》べていますか。あてはまるものを線《せん》で結《むす》びましょう。

ア テントウムシ・	・① キャベツやダイコンの葉《は》
イ チョウやハチ・	・② 樹液《じゅえき》
ウ 青虫《あおむし》・	・③ アブラムシ
エ クワガタムシやカブトムシ・	・④ 花《はな》のみつ

ジュノが向《む》かったのは草《くさ》のかげ。どうやら、おしっこをしたかったようだ。木《き》の根元《ねもと》で用《よう》を足《た》したジュノの目《め》の前《まえ》に、ドサッと何《なに》かが落《お》ちてきた。

「うわっ！　何《なん》だこれ？」

ジュノの声《こえ》を聞《き》きつけて、マリとヌリもやってきた。落《お》ちてきたのは虫《むし》の体《からだ》の一部《いちぶ》のようだ。

「これは、カマキリよ！」

マリが、食《く》いちぎられたカマキリを見《み》て声《こえ》をふるわせながら言《い》った。

「カマキリって、肉食《にくしょく》の昆虫《こんちゅう》の代表《だいひょう》って言《い》ってたよね。なんで、そのカマキリが、食《た》べられちゃったの……？」

首《くび》をかしげながらジュノが聞《き》いたその時《とき》、キリギリスがジャンプして、三人《さんにん》の頭《あたま》の上《うえ》を飛《と》びこしていった。

「わっ。すごいジャンプ力《りょく》だ！　あれ、バッタかな？」

「ちがうよ兄貴《あにき》。あれはキリギリス。ショウリョウバッタなんかは草《くさ》を食《た》べるけど、キリギリスは、どうもうな肉食《にくしょく》の昆虫《こんちゅう》だよ。そうか、あいつがカマキリを食《た》べたのかもしれない。」

ヌリが飛《と》び去《さ》るキリギリスを見《み》て言《い》った。マリが、冷静《れいせい》に反《はん》論《ろん》した。

「でも、そこに落《お》ちているのは、たぶん10センチメートルはあるオオカマキリ。キリギリスも肉食《にくしょく》だから、4センチメートルぐらいのコカマキリなら食《た》べるかもしれないけど、オオカマキリ

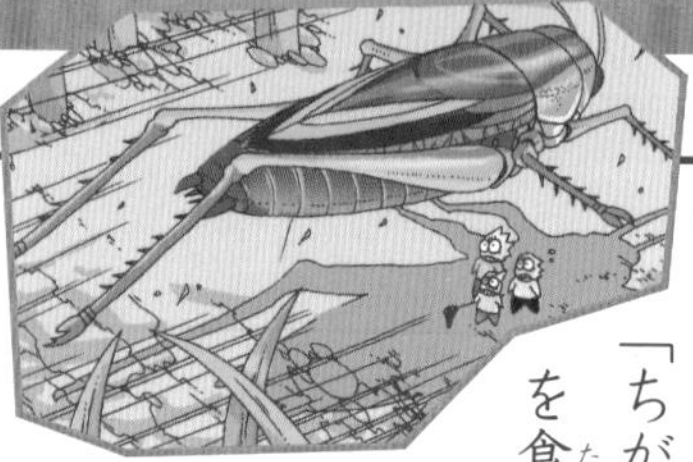
◀キリギリスのジャンプ。

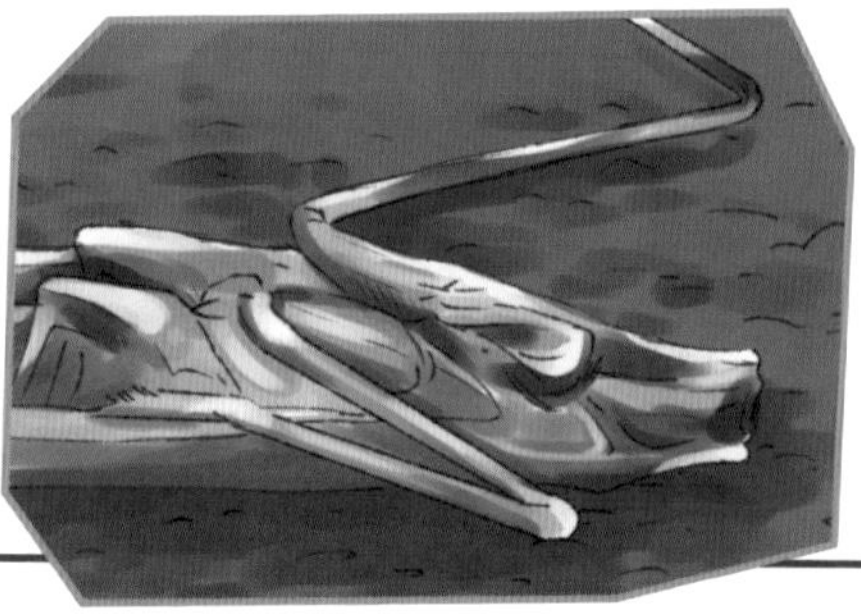
▶カマキリの体《からだ》の一部《いちぶ》が落《お》ちてきた。

4 「首《くび》をかしげながらジュノが聞《き》いた」とありますが、ジュノはどんなことに疑問《ぎもん》を感《かん》じたのですか。あてはまるもの一《ひと》つに○をつけましょう。

ア カマキリが、自分《じぶん》より大《おお》きいトカゲを食《た》べていたこと。

イ 肉食《にくしょく》ではないはずのショウリョウバッタが、キリギリスを食《た》べていたこと。

ウ 肉食《にくしょく》の昆虫《こんちゅう》の代表《だいひょう》といわれるカマキリが、何者《なにもの》かに食《た》べられてしまったこと。

5 カマキリを食《た》べた犯人《はんにん》について、ヌリとジュノはどう考《かんが》えましたか。あてはまる記号《きごう》を選《えら》んで、表《ひょう》に書《か》きましょう。

	犯人《はんにん》は何者《なにもの》？	その理由《りゆう》は？
ヌリ		
ジュノ		

① キリギリス　② バッタ　③ トンボ
④ どうもうな肉食《にくしょく》の昆虫《こんちゅう》だから
⑤ 数《かず》がたくさんいて空《そら》も飛《と》べるから

おそろしいハンター

に勝《か》てるとは思《おも》えないわ。」

その時《とき》、トンボの群《む》れが空《そら》を飛《と》んでいった。

「わ、トンボ！　あれだけたくさんの数《かず》がいて、空《そら》も飛《と》べるんだから、カマキリを殺《ころ》すこともできるんじゃない？」

ジュノが予想《よそう》したが、またマリは反論《はんろん》した。

「残念《ざんねん》だけど、ちがうと思《おも》うわ。あれは、アカトンボよ。おもに、飛《と》んでいるカやハエをとって食《た》べるから、カマキリをねらうことはないと思《おも》うわ。」

▶空《そら》を飛《と》ぶトンボの群《む》れ。

落《お》ちてきたカマキリの体《からだ》をよく見《み》ようと、ジュノが近《ちか》づいた。

その時《とき》、シュッという空気《くうき》をさくような音《おと》がしたかと思《おも》うと、ジュノのすぐ上《うえ》に緑色《みどりいろ》のカマがふり下《お》ろされてきた。

「うわっ!!」

カマが頭《あたま》にささる寸前《すんぜん》に、ジュノは飛《と》びのいた。ジュノは、ギリギリで助《たす》かった。ハァハァと息《いき》をするジュノを見《み》ながら、マリが言《い》った。

「カマキリを食《た》べた犯人《はんにん》がわかったわ！」

さて、マリは、犯人《はんにん》が何者《なにもの》だと推理《すいり》したのだろう。

◀ふり下《お》ろされた緑色《みどりいろ》のカマ。

ズバリ事件解決《じけんかいけつ》！

6 マリは、カマキリを食《た》べた犯人《はんにん》について、どんな推理《すいり》をしたのでしょう。

カマキリは、目《め》の前《まえ》に動《うご》くものがあると ア［　　］ でおそう。

また、同《おな》じカマキリ同士《どうし》で イ［　　］ もする。

ズバリ、おそわれたカマキリの体《からだ》に近《ちか》づいた ウ［　　］ に対《たい》して、カマをふり下《お》ろしてきた別《べつ》の エ［　　］ が、食《た》べた犯人《はんにん》にちがいない！

サバイバル推理《すいり》 6

おそろしいハンター

解答《かいとう》&解説《かいせつ》

1

ア クラッカー　イ ジュノ
ウ カマキリ(オオカマキリ)

まず、全体《ぜんたい》の流《なが》れをしっかりとつかみましょう。

前半《ぜんはん》では、虫《むし》が食《た》べるものについて、マリが説明《せつめい》しています。後半《こうはん》は、ジュノの目《め》の前《まえ》に落《お》ちてきたカマキリを食《た》べた犯人《はんにん》について推理《すいり》します。前半《ぜんはん》のマリの説明《せつめい》をよく読《よ》んでおくと、犯人《はんにん》の目星《めぼし》がつきます。

2

ア、ウ、エ

カマキリの食《た》べるものについて、38ページの後半《こうはん》から39ページのはじめで、マリが説明《せつめい》しています。肉食《にくしょく》の昆虫《こんちゅう》の代《だい》表《ひょう》として、共食《ともぐ》いすることについても、くわしく話《はな》しているところをおさえておきましょう。

3

ア—③　イ—④
ウ—①　エ—②

虫《むし》の食《た》べるものについて、39ページでマリが説明《せつめい》しています。ここでは、肉《にく》食《しょく》以外《いがい》の虫《むし》についても紹介《しょうかい》されています。

4

ウ

ジュノは、肉食《にくしょく》の昆虫《こんちゅう》の代表《だいひょう》であるカマキリが何者《なにもの》かに食《た》べられたというのは、おかしいと思《おも》ったのです。

5

	犯人《はんにん》は何者《なにもの》?	その理由《りゆう》は?
ヌリ	①	④
ジュノ	③	⑤

ヌリの考《かんが》えは40ページ、ジュノの考《かんが》えは41ページに書《か》かれています。どうしてそう考《かんが》えたのか、理由《りゆう》もきちんとおさえておきましょう。

6

ア カマ　イ 共食い
ウ ジュノ　エ カマキリ(オオカマキリ)

41ページで、ジュノの上《うえ》にふり下《お》ろされたカマは、おそらくカマキリを食《た》べた犯人《はんにん》であるカマキリのものでしょう。

「カマキリは、目《め》の前《まえ》に動《うご》くものがあると、えものだと思《おも》ってカマでおそう」ので、食《く》いちぎられたカマキリに近《ちか》づいたジュノに反応《はんのう》して、犯人《はんにん》のカマキリが攻撃《こうげき》してきたと考《かんが》えられます。

虫《むし》のサバイバルデータ／カマキリの狩《か》りの巻《まき》

カマキリの仲間《なかま》は、幼虫《ようちゅう》も成虫《せいちゅう》も、カマのような前《まえ》あしを使《つか》って、昆虫《こんちゅう》やクモ、カタツムリやカナヘビの子《こ》、カエルなど、さまざまなものを捕《つか》まえて食《た》べます。狩《か》りのしかたは、基本的《きほんてき》には待《ま》ちぶせ型《がた》です。場所《ばしょ》を決《き》めてえものが近《ちか》くに来《く》るのを待《ま》ち、気《き》づかれない所《ところ》までそっと近《ちか》づきます。その後《あと》はほとんど動《うご》かずに、カマが届《とど》く距離《きょり》までえものが近《ちか》づくと、目《め》にもとまらぬ速《はや》さでカマをくり出《だ》し、捕《つか》まえます。

カマキリがカマをくり出《だ》すスピードは0.05秒《びょう》だといわれています。えものまでの距離《きょり》を正確《せいかく》に測《はか》ってカマが届《とど》く場所《ばしょ》に来《き》たタイミングを知《し》り、カマを出《だ》す方向《ほうこう》を決《けっ》定《てい》しなければ、狩《か》りは成功《せいこう》しません。カマキリの狩《か》りには、大《おお》きな複眼《ふくがん》と肩《かた》にある感覚毛《かんかくもう》と呼《よ》ばれる毛《け》が、大切《たいせつ》な役割《やくわり》を果《は》たしています。

カマキリの大《おお》きな複眼《ふくがん》は、数千個《すうせんこ》の小《ちい》さな眼《め》の集《あつ》まりで、トラやワシなどの肉食動物《にくしょくどうぶつ》と同《おな》じように、顔《かお》の前側《まえがわ》についています。つまり、左右《さゆう》の眼《め》で同時《どうじ》に見《み》られるので、えものまでの距離《きょり》や大《おお》きさを正確《せいかく》に測《はか》ることができます。そのため、えものを見《み》る時《とき》は、相手《あいて》がつねに自分《じぶん》の顔《かお》の正面《しょうめん》になるように、頭《あたま》だけを動《うご》かします。

この時《とき》、頭《あたま》が肩《かた》の感覚毛《かんかくもう》を押《お》す強《つよ》さが神経《しんけい》によって脳《のう》に伝《つた》えられ、カマキリは頭《あたま》が向《む》いている方向《ほうこう》（えもののいる方向《ほうこう》）をとらえ、カマを伸《の》ばす方向《ほうこう》を調整《ちょうせい》しているのです。これが、機械《きかい》のような正確《せいかく》さで行《おこな》われるカマキリの狩《か》りの秘密《ひみつ》なのです。

◀カマを持《も》ち上《あ》げるオオカマキリ。

その後《ご》のストーリー

命《いのち》からがらカマキリの攻撃《こうげき》をかわしたジュノたちが、池《いけ》のそばを歩《ある》いている時《とき》だった……。

空《そら》に丸《まる》い光《ひかり》が現《あらわ》れた。そして、三人《さんにん》の上《うえ》に止《と》まったかと思《おも》うと、ピカッと目《め》もくらむほど強《つよ》い光《ひかり》を放《はな》って、ばく発《はっ》した。

三人《さんにん》は、光《ひかり》の勢《いきお》いで地面《じめん》にたおされて、気《き》を失《うしな》ってしまった。

「う、う〜ん。」

三人《さんにん》が目《め》を覚《さ》ました。マリが、自分《じぶん》の体《からだ》と、まわりの草《くさ》や石《いし》を見《み》比《くら》べる。「もしかして、元《もと》の大《おお》きさにもどっている？」

「わ〜ん！」喜《よろこ》びで泣《な》き出《だ》すヌリ。ジュノも「助《たす》かったんだ!!」と言《い》って、三人《さんにん》で喜《よろこ》んだよ。

サバイバル推理《すいり》 7

よみがえったクワガタムシ

▶張《は》り合《あ》うジュノとヌリ。

元《もと》の大《おお》きさに無事《ぶじ》にもどったジュノ、マリ、ヌリの三人《さんにん》は、昆虫採集《こんちゅうさいしゅう》をしようと、次《つぎ》の日《ひ》も朝早《あさはや》くから出《で》かけた。

「今日《きょう》こそは、でっかいカブトムシを見《み》つけるぞ！」

ジュノが言《い》うと、隣《となり》を歩《ある》くヌリも張《は》り合《あ》うように言《い》う。

「ボクは、でっかいクワガタムシを見《み》つけるんだ！」

そんな二人《ふたり》の後《あと》を、マリがぼやきながらついていく。

「ほんっと、二人《ふたり》ともお子《こ》さまなんだから……。」

雑木林《ぞうきばやし》に入《はい》ると、急《きゅう》に、ジュノとヌリが足《あし》を止《と》めてさけんだ。

「うわあああ。枝《えだ》が歩《ある》き出《だ》した！」

「そんなわけないでしょ？」

と、あきれ顔《がお》のマリが、ジュノの指《ゆび》さす先《さき》を見《み》ると、小《ちい》さな枝《えだ》がもぞもぞと動《うご》いていた。

一瞬《いっしゅん》ギョッとしたマリだが、よく見《み》てみると、その小枝《こえだ》には六本《ろっぽん》の足《あし》がついている。

「なあんだ、これはナナフシっていう昆虫《こんちゅう》よ。木《き》の枝《えだ》に似《に》せた姿《すがた》をして、敵《てき》から身《み》を守《まも》っているのよ。」

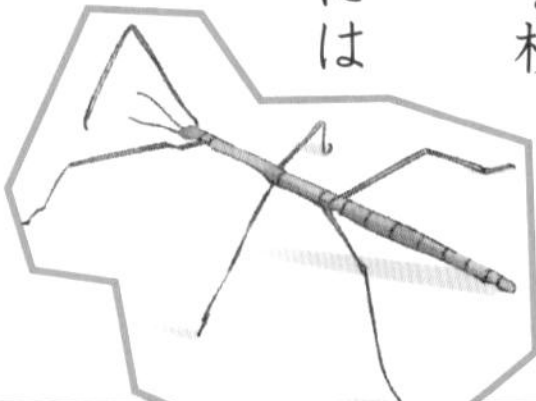
◀枝《えだ》のようなナナフシ。

推理《すいり》した日《ひ》　□月　□日

?! 文章全体《ぶんしょうぜんたい》を読《よ》んでまとめよう

1 どんな事件《じけん》が起《お》きたのか、□をうめて、まとめましょう。

ジュノとマリ、ヌリの三人《さんにん》は、雑木林《ぞうきばやし》に

ア なにに？ □ にやってきた。目的《もくてき》の

イ なにに？ □ には、クワガタムシはいたが、

ウ なに？ □ は見《み》つけられなかった。そこでジュノが、必殺技《ひっさつわざ》で思《おも》いっきり木《き》をけったところ、

エ なにが？ □ が

◀鳥《とり》は動《うご》いているものしかねらわないと、ヌリが言《い》った。

「へーっ。かくれんぼのプロだね。」

と、ヌリが感心《かんしん》した。

「昆虫《こんちゅう》の中《なか》には、このナナフシみたいに、他《ほか》のものに姿《すがた》を似《に》せることで、相手《あいて》をだまして、自分《じぶん》の身《み》を守《まも》ったり、えものをとったりするものがいるのよ。」

「たしか、花《はな》に似《に》せた姿《すがた》をして、そうとは知《し》らずに近寄《ちかよ》ってきた虫《むし》をつかまえるカマキリもいたよね。」

ジュノはつい最近《さいきん》、テレビで見《み》たばかりのことを得意《とくい》げに話《はな》した。すると、ヌリも負《ま》けじと知識《ちしき》をひろうする。

「ボクはもっと面白《おもしろ》い昆虫《こんちゅう》を知《し》ってるよ。鳥《とり》なんかの敵《てき》におそわれたり、足元《あしもと》がゆれるなどの異常事態《いじょうじたい》が起《お》きたりすると、死《し》んだふりをするんだよ。」

「え？　死《し》んだふりをするの？」

ジュノが本気《ほんき》でおどろいたので、ヌリは得意《とくい》になって続《つづ》けた。

「うん、鳥《とり》におそわれた時《とき》に死《し》んだふりをするのは、鳥《とり》は動《うご》いているものしかねらわないからだって。ピクリとも動《うご》かなければ、身《み》を守《まも》れるからと言《い》われているよ。」

「へえ、そいつ頭《あたま》いいなあ。なあヌリ、それで死《し》んだふりをするのって、どの昆虫《こんちゅう》なんだ？」

と、ジュノが興味深《きょうみぶか》そうに聞《き》くと、ヌリは目《め》をキョロキョロさせて落《お》ち着《つ》きをなくした。

←先《さき》に文章《ぶんしょう》を47ページまで読《よ》みましょう。

落《お》ちて動《うご》かなくなった。ところが、

オ だれが？ ［　］が魔法《まほう》の呪文《じゅもん》のようなものを唱《とな》えると、もぞもぞと生《い》き返《かえ》った。

本当《ほんとう》に魔法《まほう》で生《い》き返《かえ》ったのだろうか？

2 ジュノが指《ゆび》さした、もぞもぞと動《うご》く小《ちい》さな枝《えだ》について、正《ただ》しいもの一《ひと》つに○をつけましょう。

ア 強《つよ》い風《かぜ》にふかれてゆれている枝《えだ》。

イ 枝《えだ》に姿《すがた》を似《に》せて身《み》を守《まも》っているナナフシ。

ウ ジュノが指《ゆび》でさわったので、折《お》れそうになっている枝《えだ》。

3 ヌリが言《い》う「もっと面白《おもしろ》い昆虫《こんちゅう》」について、答《こた》えましょう。

ア 何《なに》をする昆虫《こんちゅう》ですか。

［　］をする昆虫《こんちゅう》。

←問題《もんだい》3は次《つぎ》のページに続《つづ》きます。

「ええと、それはその……。あっ、兄貴《あにき》。あれが目的《もくてき》の木《き》だね！」

「本当《ほんとう》だ！　よしヌリ、どっちが先《さき》にお目当《めあ》ての虫《むし》を見《み》つけるか競争《きょうそう》だ！」

そう言《い》って、ジュノはかけ出《だ》した。ヌリはうまく話《はなし》をそらすことができたと、にやにやしながら後《あと》を追《お》いかけていった。

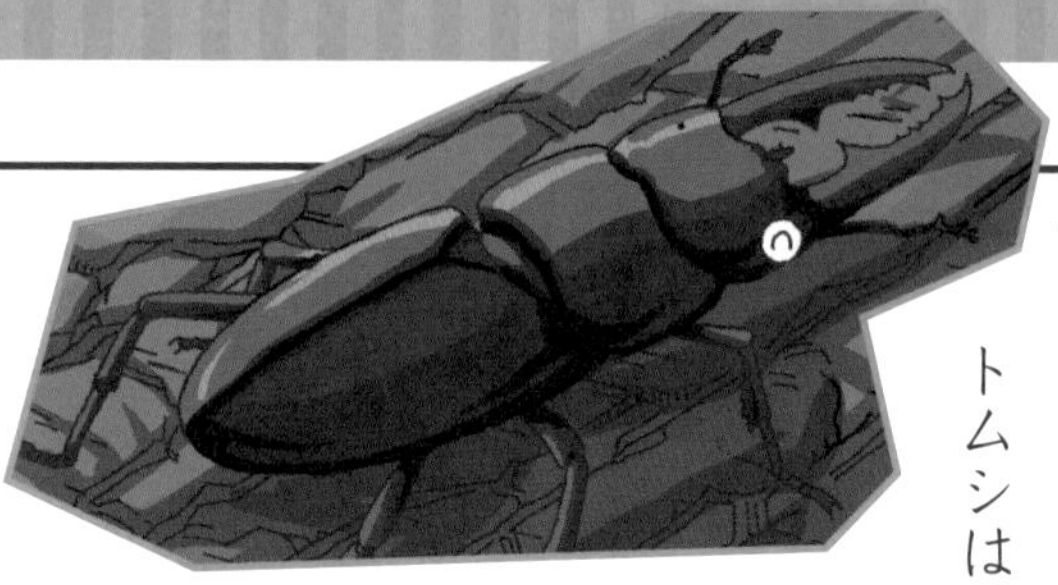
◀クワガタムシ。

クヌギの木《き》に到着《とうちゃく》すると、チョウやカナブン、ゾウムシなど、たくさんの昆虫《こんちゅう》が木《き》の幹《みき》に群《むら》がっていた。

「あ！　クワガタムシ見《み》つけた！」

早速《さっそく》見《み》つけたヌリは、大喜《おおよろこ》び。ところが、ジュノのお目当《めあ》てのカブトムシは見《み》つからない。

「うーん。木《き》の上《うえ》の方《ほう》にいるのかな？　よし、ジュノ様《さま》の必殺技《ひっさつわざ》だ！　木《き》をけって、そのゆれで、上《うえ》にいる昆虫《こんちゅう》たちを落《お》としてやる！」

ジュノはこう言《い》って、クヌギの木《き》を思《おも》いっきりけった。ガン！という音《おと》とともに、強《つよ》いゆれが木全体《きぜんたい》に伝《つた》わる。すると、たくさんの昆虫《こんちゅう》たちが、あるものは逃《に》げ出《だ》し、あるものはぽたぽたと木《き》から落《お》ちた。しかし、カブトムシは落《お》ちてこない。ジュノがまた木《き》をけろうとした時《とき》、

「あー、ボクのクワガタムシが死《し》んじゃった！」

▶かけ出《だ》したジュノ。

イ ㋐をすることについて、ヌリは何《なん》と説明《せつめい》していますか。正《ただ》しいものを二《ふた》つ選《えら》んで、○をつけましょう。

① えものをつかまえるためにする。
② 敵《てき》から身《み》を守《まも》るためにする。
③ 何《なに》か異常《いじょう》な事態《じたい》が起《お》きた時《とき》にする。
④ 強《つよ》いゆれがあった時《とき》だけにする。

4 ジュノが木《き》をけると、クワガタムシはどうなりましたか。

ジュノがけった時《とき》の［　　］で、［　　］から落《お》ちて、［　　　　］。

◀魔法《まほう》をかけたマリ。

と、ヌリがさけんだ。けった時《とき》のゆれで木《き》から落《お》ちたクワガタムシが、ピクリとも動《うご》かなくなったのだ。

「兄貴《あにき》、どうしてくれるんだよ。」

「うう、ヌリ。そんなつもりは……。ごめん。」

ヌリに責《せ》められてジュノはあたふたする。そんな二人《ふたり》を見《み》ていたマリは、ふとあることに気《き》づいた。

「ねえ、ヌリ。そのクワガタをよく見《み》せて。」

マリは、動《うご》かなくなったクワガタムシを受《う》け取《と》ると、にんまりした。

「うふふ。ワタシが魔法《まほう》で生《い》き返《かえ》らせるわ。」

そう言《い》うと、クワガタムシの上《うえ》に手《て》をかざして、呪文《じゅもん》のようなものを唱《とな》え始《はじ》めた。

ジュノとヌリがじっと見《み》つめていると、なんとクワガタムシがもぞもぞと動《うご》き出《だ》した。生《い》き返《かえ》ったのだ！　おどろきで開《あ》いた口《くち》がふさがらないジュノの横《よこ》で、得意《とくい》そうなマリ。

さて、クワガタムシは本当《ほんとう》にマリの魔法《まほう》で生《い》き返《かえ》ったのだろうか。

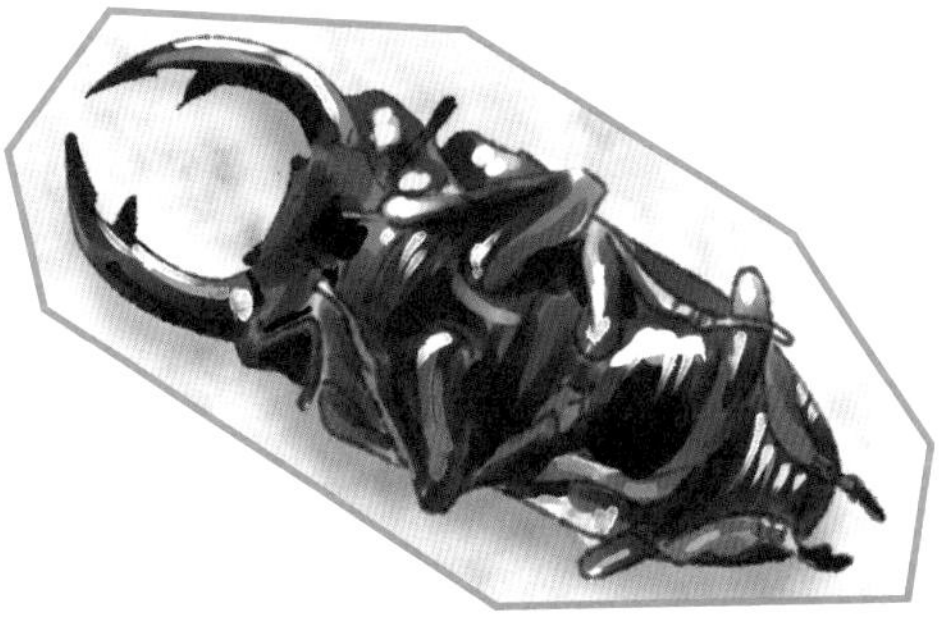

◀木《き》から落《お》ちたクワガタムシ。

ズバリ 事件解決《じけんかいけつ》！

5 クワガタムシが生《い》き返《かえ》った理由《りゆう》は何《なん》だったのでしょう。

昆虫《こんちゅう》の中《なか》には、敵《てき》に［ア　　　］たり、［イ　　　］などの異常事態《いじょうじたい》が起《お》きたりすると［ウ　　　］をするものがいる。

ズバリ、クワガタムシは［エ　　　］で生《い》き返《かえ》ったのではなくて、［オ　　　］をしていただけだったのだ！

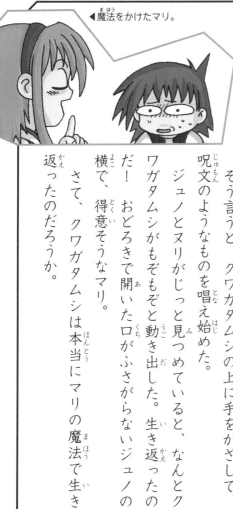

サバイバル推理《すいり》 7

よみがえったクワガタムシ

解答《かいとう》&解説《かいせつ》

❶

㋐こん虫さい集

㋑クヌギの木　㋒カブトムシ

㋓クワガタムシ　㋔マリ

「昆虫採集《こんちゅうさいしゅう》」は、漢字《かんじ》で書《か》いても正解《せいかい》です。「クヌギの木《き》」は「木《き》」だけでも正解《せいかい》です。

まず、全体《ぜんたい》の流《なが》れをしっかりとつかみましょう。

ジュノ、ヌリ、マリは昆虫採集《こんちゅうさいしゅう》に雑木林《ぞうきばやし》にやってきました。目的《もくてき》のクヌギの木《き》に来《き》ますが、ジュノのお目当《めあ》てのカブトムシはいません。ジュノはカブトムシを見《み》つけるために木《き》をけりますが、その時《とき》に落《お》ちたクワガタムシが動《うご》かなくなります。マリが魔法《まほう》で生《い》き返《かえ》らせると言《い》って、みごとにクワガタムシは生《い》き返《かえ》りました。今回《こんかい》はこの秘密《ひみつ》を探《さぐ》る問題《もんだい》です。

❷

㋑

ジュノが指《ゆび》さす小枝《こえだ》を見《み》た時《とき》の、マリの言葉《ことば》をよく読《よ》みましょう。

ココがポイント

❸

㋐死んだふり

㋑②・③

45ページでヌリが、「もっと面白《おもしろ》い昆《こん》虫《ちゅう》を知《し》ってるよ。」と言《い》った後《あと》の話《はなし》をよく読《よ》みましょう。ここでとらえた「死《し》んだふり」の説明《せつめい》が、事件《じけん》を解《と》くカギになります。④は、「強《つよ》いゆれがあった時《とき》だけ」というように限定《げんてい》しているのでちがいます。

❹

ゆれ、木、動かなくなった

クワガタムシは、ジュノが木《き》をけった時《とき》に起《お》きた木《き》のゆれで落《お》ちて動《うご》かなくなりました。

❺

㋐おそわれ　㋑足元がゆれる

㋒死んだふり　㋓まほう

㋔死んだふり

「魔法《まほう》」と漢字《かんじ》で書《か》いても正解《せいかい》です。

文章《ぶんしょう》では明《あき》らかにされていませんが、クワガタムシは死《し》んだふりをする昆虫《こんちゅう》です。ここまで読《よ》んできた情報《じょうほう》から推《すい》測《そく》します。死《し》んだふりをする条件《じょうけん》に、「足元《あしもと》がゆれるなどの異常事態《いじょうじたい》」とあったことを思《おも》い出《だ》しましょう。クワガタムシは、足元《あしもと》がゆれると、ピクリとも動《うご》かなくなることがあります。

虫《むし》のサバイバルデータ　身《み》を守《まも》るスゴ技《わざ》の巻《まき》

昆虫《こんちゅう》の世界《せかい》はとても厳《きび》しいものです。小《ちい》さな昆虫《こんちゅう》たちは、鳥《とり》などの動物《どうぶつ》のえものになります。また、カマキリが他《ほか》の小《ちい》さな昆《こん》虫《ちゅう》をおそうように、同《おな》じ昆虫《こんちゅう》の中《なか》にも敵《てき》がいます。

こうした身《み》の回《まわ》りの敵《てき》から身《み》を守《まも》るために、昆虫《こんちゅう》たちはさまざまなスゴ技《わざ》を身《み》に付《つ》けました。とくに有名《ゆうめい》なものが、今回《こんかい》の文《ぶん》章《しょう》にも出《で》てきた、他《ほか》のものに姿《すがた》を似《に》せるという技《わざ》です。これを難《むずか》しい言葉《ことば》で、「擬態《ぎたい》」と言《い》います（ちなみに、死《し》んだふりは「擬《ぎ》死《し》」と言《い》います）。

「クロコノマチョウ」というチョウは、枯《か》れ葉《は》にそっくりな姿《すがた》をしています。

▲クロコノマチョウ

▲オオトラカミキリ

「オオトラカミキリ」はまるでスズメバチのように見《み》えます。毒《どく》のあるスズメバチに似《に》せることで、自分《じぶん》をおそうと危険《きけん》だぞと敵《てき》に知《し》らせているのです。スズメバチに擬態《ぎたい》した昆虫《こんちゅう》はほかにもたくさんいます。昆虫《こんちゅう》たちにとっても、スズメバチは危険《きけん》な存在《そんざい》なのですね。

もっと攻撃的《こうげきてき》に身《み》を守《まも》る昆虫《こんちゅう》もいます。

▲ミイデラゴミムシ

「ミイデラゴミムシ」は、敵《てき》におそわれると、おしりから強力《きょうりょく》な毒液《どくえき》を噴射《ふんしゃ》します。これは人《ひと》が浴《あ》びると、やけどしてしまうほど強《きょう》烈《れつ》です。

昆虫《こんちゅう》たちはさまざまに工夫《くふう》をこらして生《い》き残《のこ》っているのですね。

その後《ご》のストーリー

マリが、クワガタムシが生《い》き返《かえ》った理由《りゆう》を説明《せつめい》すると、ジュノもヌリも「なあんだ。死《し》んだふりをしていただけだったのか。」と納得《なっとく》した。

そして、ジュノが残念《ざんねん》そうにため息《いき》をついて言《い》った。「ふう、結局《けっきょく》カブトムシは見《み》つからなかったなあ。」

「今日《きょう》はだめだったけど、今度《こんど》また昆虫採集《こんちゅうさいしゅう》に来《く》ればいいじゃない。」マリがジュノをなぐさめたそのとき、クヌギの木《き》に何《なに》か黒《くろ》いものが飛《と》んできた。

「やった、カブトムシだ！」

喜《よろこ》んでその黒《くろ》いものをつかまえたジュノは、「見《み》て見《み》て！」とマリの目《め》の前《まえ》に差《さ》し出《だ》した。ところが、それを見《み》たマリは、「キャーッ。それゴキブリーっ！　ワタシ苦手《にがて》なのっ!!　ダメダメダメ〜。」

マリの悲鳴《ひめい》が朝《あさ》の雑木林《ぞうきばやし》にひびきわたったよ。

サバイバル推理《すいり》

8 すりかえられたキリギリス

▶ヌリを心配《しんぱい》するジュノ。

「ヌリのやつ、どうしたんだろう?」

ジュノが心配《しんぱい》そうにつぶやいた。マリはそんなジュノに笑《わら》って声《こえ》をかけた。

「どうせ、たいしたことないわよ。それにしても、何《なん》の用《よう》かしら?」

二人《ふたり》は、ヌリの家《いえ》に向《む》かって歩《ある》いていた。

ヌリが、困《こま》ったことが起《お》きたからすぐに来《き》てくれ、というのだ。

途中《とちゅう》、草《くさ》むらから虫《むし》の鳴《な》き声《ごえ》が聞《き》こえてくる。

ギーチョン　ギーッチョン

「あれ? 何《なん》だか面白《おもしろ》い鳴《な》き声《ごえ》が聞《き》こえるよ。」

キョロキョロと辺《あた》りを見回《みまわ》すジュノに、マリが自信満々《じしんまんまん》に答《こた》えた。

「この鳴《な》き声《ごえ》は、キリギリスよ。」

「キリギリスってさ、そもそも、どうやって鳴《な》いているんだろう?」

ジュノがつぶやくと、待《ま》ってましたとばかりに、マリが説明《せつめい》を始《はじ》めた。

「はねをこすり合《あ》わせて音《おと》を出《だ》しているの。左右《さゆう》の前《まえ》ばねには、出《で》っ

推理《すいり》した日《ひ》 □月 □日

?! 文章全体《ぶんしょうぜんたい》を読《よ》んでまとめよう

❶ どんな事件《じけん》が起《お》きたのか、□をうめて、まとめましょう。

ヌリが飼《か》っている ア なにを? [　　] を イ だれに? [　　] に預《あず》けた。

しかし、返《かえ》してもらったら、ウ どんな? [　　] キリギリスに変《か》わっていると、エ だれが? [　　] が おこって、けんかになっている。

オ だれ? [　　] は、ヌリの言《い》うことが正《ただ》しい、

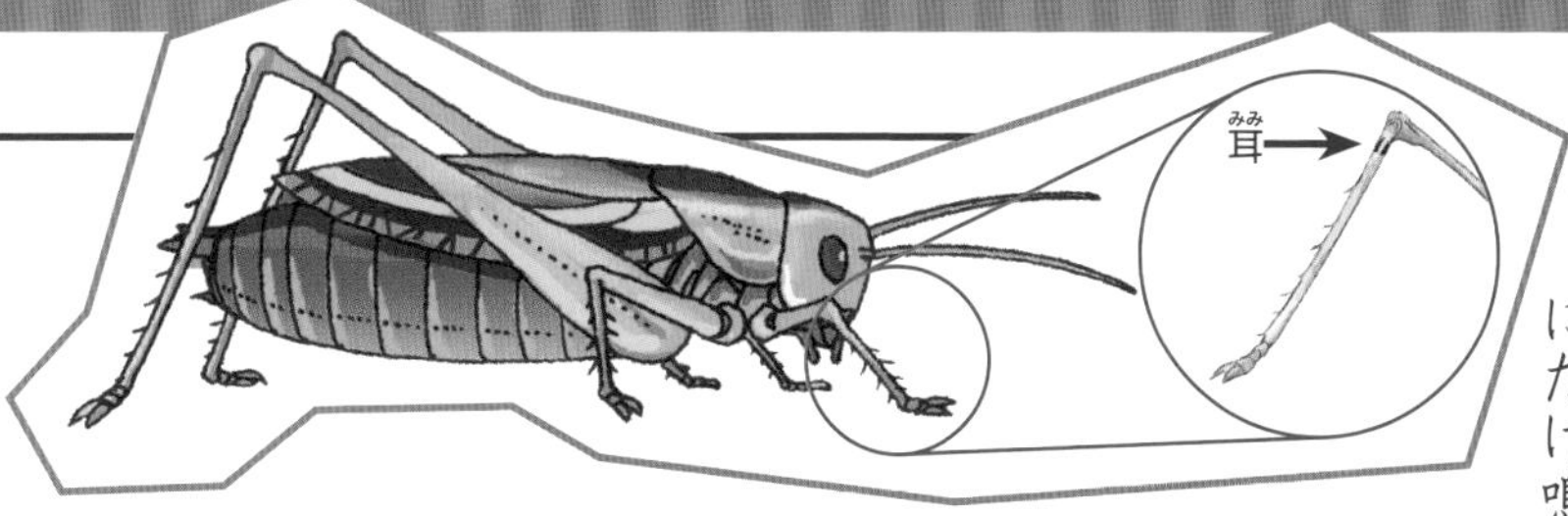

◀キリギリスの耳《みみ》は前《まえ》あしにある。

張《ば》っている部分《ぶぶん》と、ヤスリのようなギザギザの部分《ぶぶん》があって、それをこすり合《あ》わせると、音《おと》が出《で》るというわけ。」

「へぇ、それであんな音《おと》が出《で》るんだね。まるで楽器《がっき》みたいだ！」

「それにね、鳴《な》くのはオスだけなの！　実《じつ》は、オスにだけ鳴《な》くための器官《きかん》があるのよ。」

「え～！　メスは鳴《な》かないの？　知《し》らなかった！」

ジュノがおどろいて目《め》を丸《まる》くした。

「オスがメスにアピールするために鳴《な》くの。力強《ちからづよ》いオスの鳴《な》き声《ごえ》にひかれて、メスが集《あつ》まってくるのよ。他《ほか》にも、オス同士《どうし》がケンカをするときや、なわばりを主張《しゅちょう》するときにも鳴《な》くけどね。」

「ボクの歌声《うたごえ》に、女《おんな》の子《こ》がメロメロになるのと同《おな》じだ！」

ジュノの言《い》うことが聞《き》こえなかったかのように、マリは質問《しつもん》を続《つづ》けた。

「じゃあ、耳《みみ》はどこにあるか知《し》ってる？」

「えっ？　人間《にんげん》みたいに顔《かお》のあたりじゃないの？」

ジュノが不思議《ふしぎ》そうに聞《き》き返《かえ》すと、

「キリギリスは、前《まえ》あしにあるのよ。前《まえ》あしの前後《ぜんご》に細長《ほそなが》い耳《みみ》の穴《あな》があいていて、音《おと》をとらえるんだって。」

▶説明《せつめい》をするマリ。

←先《さき》に文章《ぶんしょう》を53ページまで読《よ》みましょう。

と気《き》づいたようだ。
いったい、どうしてだろう？

② **ヌリの家《いえ》に向《む》かって歩《ある》いていると、草《くさ》むらから、何《なん》の虫《むし》の声《こえ》が聞《き》こえましたか？**

③ **キリギリスは、どのようにして鳴《な》いていますか。正《ただ》しいものを選《えら》んで記号《きごう》で答《こた》えましょう。**

左右《さゆう》の（　　）にある（　　）部分《ぶぶん》と、
（　　）のようなギザギザの部分《ぶぶん》を
（　　）、音《おと》を出《だ》している。

① ヤスリ　② 前《まえ》あし　③ こすり合《あ》わせて
④ 前《まえ》ばね　⑤ 出《で》っ張《ぱ》っている

話《はなし》をしているうちに、二人《ふたり》はヌリの家《いえ》に着《つ》いた。

「聞《き》いてよ、兄貴《あにき》！」

▶興奮《こうふん》するヌリ。

すぐに、興奮《こうふん》したヌリがかけ寄《よ》ってきた。ヌリの話《はなし》によると、飼《か》っていたキリギリスをいとこが観察《かんさつ》したいというので、しばらくいとこに預《あず》けていたという。恋《こい》しくなって返《かえ》してもらったのだが、ちがうキリギリスに変《か》わっていたというのだ。それで、ケンカになってしまったらしい。

「こいつはボクのキリギリスじゃない！」

「どのキリギリスも似《に》ているから、そんなことわかるはずがないじゃないか！」

おこるヌリに、いとこも言《い》い返《かえ》した。

にらみ合《あ》う二人《ふたり》の様子《ようす》を見《み》かねたマリが、間《あいだ》に入《はい》って聞《き》いた。

「ねぇ、ヌリはどうしてそんなに自信《じしん》を持《も》って、ちがうと言《い》い切《き》れるの？」

「だって、預《あず》ける前《まえ》より大《おお》きい気《き》がするんだ！」

「う〜ん、『大《おお》きい気《き》がする』だけじゃ、ヌリのかんちがいかもしれないし、証拠《しょうこ》にはなりにくいわね……。」

と、マリも困《こま》った様子《ようす》。

「それだけじゃないんだ。まったく鳴《な》かなくなっちゃったんだ！　預《あず》ける前《まえ》は、ギーッチョンってよく鳴《な》いたのに。おかしいよ！」

4 **キリギリスが鳴《な》くことについての説明《せつめい》で、正《ただ》しいものすべてに○をつけましょう。**

ア オスしか鳴《な》かない。

イ オスとメスがアピールするために鳴《な》き合《あ》う。

ウ オス同士《どうし》のケンカでは鳴《な》くことはない。

エ 鳴《な》くための器官《きかん》はオスにしかない。

5 **キリギリスの耳《みみ》は、どこにありますか。**

耳《みみ》は［　　　　］にある。

6 **ヌリは返《かえ》してもらったキリギリスについて、預《あず》ける前《まえ》とどうちがうと言《い》っていますか。正《ただ》しいものすべてに○をつけましょう。**

ア 預《あず》ける前《まえ》の方《ほう》が大《おお》きかった。

イ 預《あず》ける前《まえ》より大《おお》きくなった。

ウ ギーッチョンと鳴《な》くようになった。

エ ギーッチョンとまったく鳴《な》かなくなった。

◀何《なに》かひらめいたジュノ。

と、ヌリは、ついに泣《な》きべそをかき始《はじ》めた。

「オレのせいにするなよ！　文句《もんく》ばっかり言《い》ってひどいやつだ！」

いとこもムキになって、そっぽを向《む》いている。

「ヌリは、よほどキリギリスをかわいがっていたのね。うーん、どうしたらいいかしら……。」

と、マリは困《こま》りはてていた。その横《よこ》でしばらく考《かんが》えていたジュノだったが、何《なに》かひらめいたようだ。

「そうか、わかったぞ！　ヌリの言《い》っていることは正《ただ》しいみたいだね。」

「えっ、どういうこと？」

びっくりしてジュノの顔《かお》を見《み》るマリ。

さて、どうしてジュノは、このキリギリスがヌリの飼《か》っていたものではない、と考《かんが》えたのだろう。

▶ヌリは、ついに泣《な》きべそをかき始《はじ》めた。

ズバリ 事件解決《じけんかいけつ》！

7 ジュノは、ヌリのキリギリスについて、どんな推理《すいり》をしたのでしょう。

ヌリの飼《か》っていたキリギリスは、預《あず》ける前《まえ》はギーッチョンとよく ［ア］ 。

しかし、いとこから返《かえ》してもらったキリギリスは、まったく ［イ］ 。

ズバリ、ヌリの飼《か》っていたキリギリスは鳴《な》く ［ウ］ だったが、鳴《な》かない ［エ］ にすりかわっていたのだ！

サバイバル推理《すいり》 8 すりかえられたキリギリス 解答《かいとう》&解説《かいせつ》

①

ア キリギリス　イ いとこ
ウ ちがう　エ ヌリ　オ ジュノ

まず、全体《ぜんたい》の流《なが》れをしっかりとつかみましょう。

飼《か》っていたキリギリスを、いとこに預《あず》けていたら、前《まえ》とはちがうキリギリスが返《かえ》ってきた、とヌリが言《い》っています。ジュノは、どうしてヌリが言《い》っていることが正《ただ》しいとわかったのか、読《よ》み取《と》りましょう。

②

キリギリス

草《くさ》むらから聞《き》こえてくる虫《むし》の鳴《な》き声《ごえ》に二人《ふたり》は、気《き》づきます。50ページの二人《ふたり》のやり取《と》りに注目《ちゅうもく》しましょう。

③

④、⑤、①、③

50～51ページで、キリギリスが音《おと》を出《だ》す仕組《しく》みを解説《かいせつ》しています。よく読《よ》んで答《こた》えましょう。

④

ア、エ

オスはメスへアピールするために、鳴《な》き声《ごえ》を出《だ》します。オスにしか鳴《な》くための器官《きかん》はありません。イはメスも鳴《な》くというのがまちがい、ウはオス同士《どうし》はケンカをして鳴《な》くこともあるのでまちがいです。

⑤

前あし

51ページにある、キリギリスの耳《みみ》についての説明《せつめい》を、よく読《よ》んで答《こた》えましょう。耳《みみ》は、前《まえ》あしにあります。

⑥

イ、エ

52ページで、いとこに預《あず》ける前《まえ》よりキリギリスが大《おお》きくなったと、ヌリは言《い》っています。さらに、まったく鳴《な》かなくなったと疑問《ぎもん》に感《かん》じています。

⑦

ア 鳴いた　イ 鳴かない
ウ オス　エ メス

キリギリスはオスしか鳴《な》かないので、鳴《な》かないキリギリスはメスです。つまり、預《あず》ける前《まえ》とはちがうキリギリスであることがわかります。

虫《むし》のサバイバルデータ　キリギリスの巻《まき》

　キリギリスは、北海道《ほっかいどう》と沖縄《おきなわ》をのぞく日《に》本各地《ほんかくち》でふつうに見《み》られる昆虫《こんちゅう》です。以前《いぜん》は１種類《しゅるい》とされていましたが、最近《さいきん》は岡山《おかやま》県《けん》より東《ひがし》にすむヒガシキリギリスと、近畿《きんき》地方《ちほう》の一部《いちぶ》と中国地方《ちゅうごくちほう》、四国《しこく》、九州《きゅうしゅう》にすむニシキリギリスに分《わ》けられています。

　キリギリスはコオロギやスズムシの仲間《なかま》やクツワムシなどとともに「鳴《な》く虫《むし》」として知《し》られています。これらはみな、成虫《せいちゅう》のオスが前《まえ》ばねをこすり合《あ》わせ、その振動《しんどう》を右《みぎ》の前《まえ》ばねの一部《いちぶ》で共鳴《きょうめい》させて、大《おお》きな鳴《な》き声《ごえ》をだします。コオロギやスズムシの仲間《なかま》では、鳴《な》くときに前《まえ》ばねを大《おお》きく立《た》ててこすり合《あ》わせますが、キリギリスやクツワムシの仲間《なかま》は、前《まえ》ばねを少《すこ》しだけ持《も》ち上《あ》げてこすり合《あ》わせます。鳴《な》くのには、メスにプロポーズするためや、ほかのオスに自《じ》分《ぶん》のなわばりを知《し》らせるため、なわばりに入《はい》ったオスを追《お》い払《はら》うためなどの意味《いみ》があります。

　鳴《な》く虫《むし》の多《おお》くは、夏《なつ》の終《お》わりから秋《あき》、夜《や》間《かん》に活動《かつどう》して鳴《な》きますが、キリギリスは暑《あつ》い夏《なつ》の昼間《ひるま》に活動《かつどう》して鳴《な》きます。秋《あき》の虫《むし》が鳴《な》くころには、死《し》んでいます。

　キリギリスの仲間《なかま》のオスとメスは、鳴《な》くか鳴《な》かないかで区別《くべつ》できますが、成虫《せいちゅう》や大《おお》きな幼虫《ようちゅう》の腹先《はらさき》を見《み》てもわかります。メスの腹先《はらさき》には刀《かたな》のような形《かたち》の長《なが》くがっちりした産卵管《さんらんかん》が突《つ》き出《で》ていますが、オスには産《さん》卵管《らんかん》はなく、小《ちい》さな突起《とっき》があるだけです。また、メスはオスよりも体《からだ》が大《おお》きいことも、判断《はんだん》するポイントになります。

◀鳴《な》いているヒガシキリギリスのオス。

その後《ご》のストーリー

「ヌリが飼《か》っていたのは、鳴《な》いていたからオスだったはずだよね。でも、こいつは鳴《な》かないからメスなのさ。」とジュノ。

ヌリのいとこが気《き》まずそうに話《はな》し始《はじ》めた。

「ウソをついて、ごめんなさい。実《じつ》は、虫《むし》かごのそうじをする時《とき》に、うっかりにがしてしまって……。ジャンプして、あっという間《ま》にどこかへ行《い》ってしまったんだ。」

「じゃあ、このキリギリスは？」とマリが聞《き》くと、いとこがうつむいて言《い》った。

「あちこちの草《くさ》むらに行《い》って、やっと見《み》つけた、かわりの一匹《いっぴき》なんだ。」

じっと話《はなし》を聞《き》いていたヌリは、「じゃあ、しょうがないさ……。かわいがってくれたんだろ。」そう言《い》って、虫《むし》かごのふたを開《あ》けて、キリギリスをなでようとした。と、その時《とき》！

ピョーーーーン!!

このキリギリスも大《だい》ジャンプをして、姿《すがた》を消《け》してしまったよ。

サバイバル推理《すいり》

9 見《み》つからない指輪《ゆびわ》のなぞ

知《し》り合《あ》いの牧場主《ぼくじょうぬし》の結婚《けっこん》パーティーにやってきたジュノとマリ。パーティー会場《かいじょう》は、もちろん広々《ひろびろ》とした牧場《ぼくじょう》だ。牛《うし》たちの鳴《な》き声《ごえ》も聞《き》こえてきて、まるでお祝《いわ》いをしてくれているようだ。

「結婚《けっこん》おめでとう！　きれいな奥《おく》さんでうらやましいな。この、この〜！」

照《て》れる牧場主《ぼくじょうぬし》をジュノが冷《ひ》やかした。会場《かいじょう》には、奥《おく》さんに記念《きねん》におくるという、キラキラ光《ひか》るダイヤモンドの指輪《ゆびわ》もかざられていた。

▶牧場《ぼくじょう》で結婚《けっこん》パーティーが開《ひら》かれた。

「ステキな指輪《ゆびわ》！　ワタシも欲《ほ》しい〜！　ちょっとはめてみたいわ。」

と、マリはうっとりしている。

たくさんのお客《きゃく》さんが集《あつ》まって盛《も》り上《あ》がったパーティーがおしまいになるころ、ジュノは、お祝《いわ》いの歌《うた》を歌《うた》っておどろかせることを思《おも》いついた。ところが、勢《いきお》いよく立《た》ち上《あ》がったはずみで、うっかりイスを倒《たお》してしまった。あわててイスを起《お》こそうとかがみこんだ時《とき》、テーブルの下《した》に動《うご》くものを見《み》つけた。

▶ジュノは牧場主《ぼくじょうぬし》を冷《ひ》やかした。

推理《すいり》した日《ひ》　□月　□日

?! 文章全体《ぶんしょうぜんたい》を読《よ》んでまとめよう

1 どんな事件《じけん》が起《お》きたのか、□をうめて、まとめましょう。

ア だれの？ □ の結婚《けっこん》パーティーで、大切《たいせつ》なダイヤモンドの
イ なにが？ □ がなくなった。みんなで探《さが》していると、
ウ だれが？ □ が見《み》つけた。
不思議《ふしぎ》なことに、見《み》つけたのは、最初《さいしょ》に念入《ねんい》りに
エ どうした？ □ けれど、なかった場所《ばしょ》だ。
なぜ、そこに落《お》ちていたのだろう？

郵 便 は が き

ここに切手《きって》を貼《は》ってね！

1 0 4 - 8 0 1 1

朝日新聞出版　生活・文化編集部

「サバイバル」「対決」
「タイムワープ」シリーズ　係

☆**愛読者《あいどくしゃ》カード**☆シリーズをもっとおもしろくするために、みんなの感想《かんそう》を送《おく》ってね。
毎月《まいつき》、抽選《ちゅうせん》で10名《めい》のみんなに、サバイバル特製《とくせい》グッズをあげるよ。

☆**ファンクラブ通信《つうしん》への投稿《とうこう》**☆このハガキで、ファンクラブ通信《つうしん》のコーナーにも投稿《とうこう》できるよ！
たくさんのコーナーがあるから、いっぱい応募《おうぼ》してね。

ファンクラブ通信《つうしん》は、公式《こうしき》サイトでも読《よ》めるよ！ ［サバイバルシリーズ］ 検索《けんさく》

お名前《なまえ》		ペンネーム	※本名《ほんみょう》でも可《か》		
ご住所《じゅうしょ》	〒				
電話番号《でんわばんごう》		シリーズを何冊《なんさつ》もってる？	冊《さつ》		
メールアドレス					
学年《がくねん》	年《ねん》	年齢《ねんれい》	才《さい》	性別《せいべつ》	
コーナー名《めい》	※ファンクラブ通信《つうしん》への投稿《とうこう》の場合《ばあい》				

※ご提供《ていきょう》いただいた情報《じょうほう》は、個人情報《こじんじょうほう》を含《ふく》まない統計的《とうけいてき》な資料《しりょう》の作成等《さくせいなど》に使用《しよう》いたします。その他《た》の利用《りよう》について詳《くわ》しくは、当社《とうしゃ》ホームページ https://publications.asahi.com/company/privacy/ をご覧《らん》下《くだ》さい。

☆本《ほん》の感想《かんそう》、ファンクラブ通信《つうしん》への投稿《とうこう》など、好《す》きなことを書《か》いてね！

ご感想《かんそう》を広告《こうこく》、書籍《しょせき》の PR に使用《しよう》させていただいてもよろしいでしょうか？

1．実名《じつめい》で可《か》　2．匿名《とくめい》で可《か》　3．不可《ふか》

「あれ？　こいつ、何《なに》かを転《ころ》がしているぞ。」

そこには、逆立《さかだ》ちをして、後《うし》ろあしでドロ団子《だんご》のような玉《たま》を動《うご》かしている虫《むし》がいた。

「何《なに》を運《はこ》んでいるのかしら？」

マリも顔《かお》を近《ちか》づけて見《み》ていると、ご機嫌《きげん》の牧場主《ぼくじょうぬし》がやってきた。

「何《なに》を見《み》ているんだい？　おや、それは、フンコロガシだ。この牧場《ぼくじょう》にはフンコロガシがたくさんいるんだぞ。」

「フンコロガシ？　……と言《い》うことは、この玉《たま》はフンなの!?」

マリが飛《と》び上《あ》がった。

「確《たし》かに牛《うし》のフンのにおいだ……。」

ジュノも鼻《はな》をつまんだ。

「ハハハ、フンコロガシは牧場《ぼくじょう》をきれいに掃除《そうじ》してくれる、大切《たいせつ》な虫《むし》なんだぞ。牛《うし》のフンを集《あつ》めて玉《たま》にするのさ。そして逆立《さかだ》ちをして、後《うし》ろあしで運《はこ》ぶんだ。他《ほか》の虫《むし》にうばわれない安全《あんぜん》な巣《す》で食《た》べるためにね。」

「えぇっ？　フンを食《た》べるの？」

ジュノがおどろいて目《め》を見開《みひら》いた。

「そうさ。牛《うし》のフンが大好物《だいこうぶつ》なのさ。フンコロガシは、自分《じぶん》の体《からだ》の何《なん》倍《ばい》もある大《おお》きなフンの玉《たま》を動《うご》かせる力持《ちからも》ちなんだ。ときには、百《ひゃく》メートルも転《ころ》がすことだってあるんだ。」

▶鼻《はな》をつまむジュノ。

▶フンコロガシ。

←先《さき》に文章《ぶんしょう》を59ページまで読《よ》みましょう。

2 フンコロガシはどんな虫《むし》ですか。正《ただ》しいものすべてに○をつけましょう。

ア フンを集《あつ》めて玉《たま》にする。
イ フンを転《ころ》がして遊《あそ》ぶ。
ウ 自分《じぶん》の体《からだ》より大《おお》きいフンの玉《たま》を動《うご》かせる。
エ フンを草《くさ》むらの中《なか》で食《た》べる。

3 フンコロガシはどうやってフンを運《はこ》びますか。正《ただ》しいものを選《えら》んで記号《きごう》で答《こた》えましょう。

ア フンを集《あつ》めて（　　）にする。
イ （　　）をして（　　）でフンの玉《たま》を動《うご》かす。

① 穴《あな》　② 前《まえ》あし　③ 後《うし》ろあし
④ 地面《じめん》　⑤ 玉《たま》　⑥ 逆立《さかだ》ち

マリがフンコロガシについて、さらに聞《き》こうとしたその時《とき》、青《あお》い顔《かお》をした奥《おく》さんが、あせった様子《ようす》でかけ寄《よ》ってきた。

「どうしましょう！　指輪《ゆびわ》がどこにもないのよ！」

いつの間《ま》にか、かざっていた台《だい》がたおれていて、ダイヤモンドの指輪《ゆびわ》が消《き》えていたというのだ。

「何《なん》だって!?　よく探《さが》してみよう！」

ジュノたちもいっしょに、パーティー会場《かいじょう》を探《さが》し回《まわ》ったが、指輪《ゆびわ》はどこにも見《み》つからない。奥《おく》さんは、今《いま》にも泣《な》き出《だ》しそうだ。

「いったい、どこに？　ひょっとしてだれかに盗《ぬす》まれたのかも……。」

さんざん探《さが》してあきらめかけたころ、ジュノの目《め》にキラッと光《ひか》るものが映《うつ》った。指輪《ゆびわ》をかざっていた台《だい》のそばの地面《じめん》だ。ジュノが急《いそ》いで近《ちか》づいてみると、なんと指輪《ゆびわ》が落《お》ちていた。

「あっ！　あった！　ダイヤモンドの指輪《ゆびわ》だ！」

ジュノが大声《おおごえ》でさけぶと、みんなが急《いそ》いで集《あつ》まってきた。

「あら!?　ここは最初《さいしょ》に念入《ねんい》りに探《さが》した場所《ばしょ》だわ。さっきはなかったのに、どうして今《いま》、指輪《ゆびわ》が落《お》ちているのかしら？」

と、奥《おく》さんが不思議《ふしぎ》そうに言《い》った。

そこはわずかに草《くさ》が生《は》え、牛《うし》のフンの玉《たま》をいそがしそうに運《はこ》ぶフンコロガシがいるだけ。探《さが》し物《もの》を見落《みお》としそうな場所《ばしょ》ではない。

◀指輪《ゆびわ》を見《み》つけたジュノ。

4 フンコロガシは、何《なん》のためにフンを運《はこ》ぶのですか。

5 ジュノの目《め》に映《うつ》った、キラッと光《ひか》るものとは何《なん》ですか。

6 指輪《ゆびわ》はどこで見《み》つかりましたか。正《ただ》しいものを一《ひと》つ選《えら》んで○をつけましょう。

ア パーティー会場《かいじょう》の外《そと》。
イ さっき指輪《ゆびわ》を探《さが》した場所《ばしょ》。
ウ 牛《うし》が草《くさ》を食《た》べているあたり。

「指輪《ゆびわ》を盗《ぬす》んだ人《ひと》がこわくなって、気《き》づかれないように、台《だい》の近《ちか》くにそっと落《お》としておいたのかもしれないわね。」

「ひょっとして、犯人《はんにん》はマリじゃないの？　すご〜くうらやましそうに指輪《ゆびわ》を見《み》ていたじゃない？」

ジュノがふざけて言《い》うと、マリは本気《ほんき》でおこりだした。

「ちょっと！　そんなことするわけないでしょ!!」

「うーん、でもさ、指輪《ゆびわ》が消《き》えてまた現《あらわ》れるなんて、おかしいじゃないか……。なぜだろう？　う〜ん……。」

落《お》ちていた場所《ばしょ》を見《み》つめながら、しばらく考《かんが》えていたジュノ。ところが、ハッと何《なに》かに気《き》づいたように、ハハハと笑《わら》いながら言《い》った。

「そうか！　だれのしわざか、わかったぞ！」

さて、なぜダイヤモンドの指輪《ゆびわ》は、さっきはなかった場所《ばしょ》に落《お》ちていたのだろう。

▶マリは本気《ほんき》でおこりだした。

◀何《なに》かに気《き》づいたらしいジュノ。

7 ダイヤモンドの指輪《ゆびわ》がその場《ば》所《しょ》で見《み》つかった理由《りゆう》について、ジュノはどんな推理《すいり》をしたのでしょう。

指輪《ゆびわ》が見《み》つかった場所《ばしょ》には、ア［　　］を運《はこ》ぶイ［　　］がいた。地面《じめん》に落《お》ちた指輪《ゆびわ》は、そのウ［　　］にくっついていたので、さっき探《さが》したときには見《み》つからなかったのだろう。

ズバリ、フンコロガシが運《はこ》ぶうちにエ［　　］がフンの玉《たま》からはずれて出《で》てきたのだ！

サバイバル推理《すいり》

9 見《み》つからない指輪《ゆびわ》のなぞ 解答《かいとう》&解説《かいせつ》

①

ア 牧場主 イ 指輪
ウ ジュノ エ さがした

「探《さが》した」と漢字《かんじ》で書《か》いても正解《せいかい》です。

まず、全体《ぜんたい》の流《なが》れをしっかりとつかみましょう。
牧場主《ぼくじょうぬし》の奥《おく》さんにおくられるはずの指《ゆび》輪《わ》がなくなりました。念入《ねんい》りに探《さが》しても見《み》つからなかった場所《ばしょ》から、指輪《ゆびわ》が発見《はっけん》されたなぞをジュノが解《と》きます。指輪《ゆびわ》がどうして消《き》えて、また現《あらわ》れたのか、その原因《げんいん》が何《なに》かを推理《すいり》します。

②

ア、ウ

フンコロガシについて牧場主《ぼくじょうぬし》が、ジュノたちに説明《せつめい》しています。57ページをよく読《よ》んで、フンコロガシの生態《せいたい》をとらえましょう。

③

ア ⑤
イ ⑥、③

57ページで、フンコロガシがフンを転《ころ》がす様子《ようす》を説明《せつめい》しています。

④

（他の虫にうばわれないように、）安全な巣で食べるため。

フンコロガシは、動物《どうぶつ》のフンが大好物《だいこうぶつ》なので、他《ほか》の虫《むし》にうばわれないように、フンを丸《まる》めて安全《あんぜん》な所《ところ》に運《はこ》んでから食《た》べます。この特《とく》ちょうが、今回《こんかい》の事件《じけん》のなぞを解《と》くカギとなります。

⑤

（ダイヤモンドの）指輪

ジュノの目《め》にキラッと光《ひか》るものが映《うつ》ったので、指輪《ゆびわ》を発見《はっけん》することができました。

⑥

イ

指輪《ゆびわ》は、かざっていた台《だい》のそばの地面《じめん》に落《お》ちていました。そこは、一度《いちど》探《さが》したはずの場所《ばしょ》です。

⑦

ア フンの玉
イ フンコロガシ
ウ フンの玉 エ 指輪

落《お》ちている指輪《ゆびわ》のそばで、フンコロガシが牛《うし》のフンの玉《たま》を運《はこ》んでいる様子《ようす》がヒントになります。ジュノは、そのフンの玉《たま》に指輪《ゆびわ》がくっついて見《み》えなかったこと、運《はこ》んでいるうちにフンの玉《たま》からはずれて指輪《ゆびわ》が出《で》てきたことを推理《すいり》しました。

虫《むし》のサバイバルデータ　フンコロガシの巻《まき》

フンコロガシは、動物《どうぶつ》のフンを丸《まる》め、それを転《ころ》がして巣《す》に運《はこ》ぶ習性《しゅうせい》をもつコガネムシの呼《よ》び名《な》で、正式《せいしき》にはタマオシコガネと呼《よ》ばれます。タマオシコガネのなかでも有名《ゆうめい》なのが、アフリカにいるエジプトタマオシコガネやアフリカタマオシコガネです。古代《こだい》エジプトでは、転《ころ》がしているフンの玉《たま》を太陽《たいよう》に見立《みた》て、太陽《たいよう》の運行《うんこう》を司《つかさど》る神様《かみさま》としてあがめていました。

フンの玉《たま》を巣《す》に運《はこ》ぶのは、自分《じぶん》が食《た》べる食料《しょくりょう》として貯蔵《ちょぞう》するためと、もう一《ひと》つは卵《たまご》を産《う》みつけるためです。成虫《せいちゅう》も幼虫《ようちゅう》も、動《どう》物《ぶつ》のフンを食《た》べるのです。

産卵用《さんらんよう》の玉《たま》を地面《じめん》の下《した》に掘《ほ》った巣《す》に運《はこ》ぶと、フンをまぜた土《つち》をのせて卵《たまご》の部屋《へや》をつくって産卵《さんらん》します。そして、かびたりくさったりしないように、全体《ぜんたい》を土《つち》でおおって、洋《よう》ナシ形《がた》のかたまりにします。卵《たまご》からかえった幼虫《ようちゅう》は、卵《たまご》の部屋《へや》の下《した》にあるフンを中《なか》から食《た》べて成長《せいちょう》し、さなぎになり、羽《う》化《か》して成虫《せいちゅう》になると、外《そと》に出《で》てきます。

タマオシコガネの仲間《なかま》は、北《きた》アジアからヨーロッパ、アフリカまで広《ひろ》く見《み》られますが、日本《にほん》にはいません。日本《にほん》では、フンは転《ころ》がしませんが、センチコガネやダイコクコガネの仲間《なかま》が、フンの下《した》を掘《ほ》って巣《す》をつくり、そこにフンを運《はこ》んで卵《たまご》を産《う》みつけます。このように成虫《せいちゅう》と幼虫《ようちゅう》が動物《どうぶつ》のフンを食《た》べるコガネムシ類《るい》を「ふん虫《ちゅう》」と呼《よ》びます。ふん虫《ちゅう》は、家畜《かちく》や野生動物《やせいどうぶつ》のフンを土《つち》にうめて分解《ぶんかい》する大切《たいせつ》な役割《やくわり》を果《は》たしていて、地面《じめん》がフンでいっぱいになるのを防《ふせ》いでくれているのです。

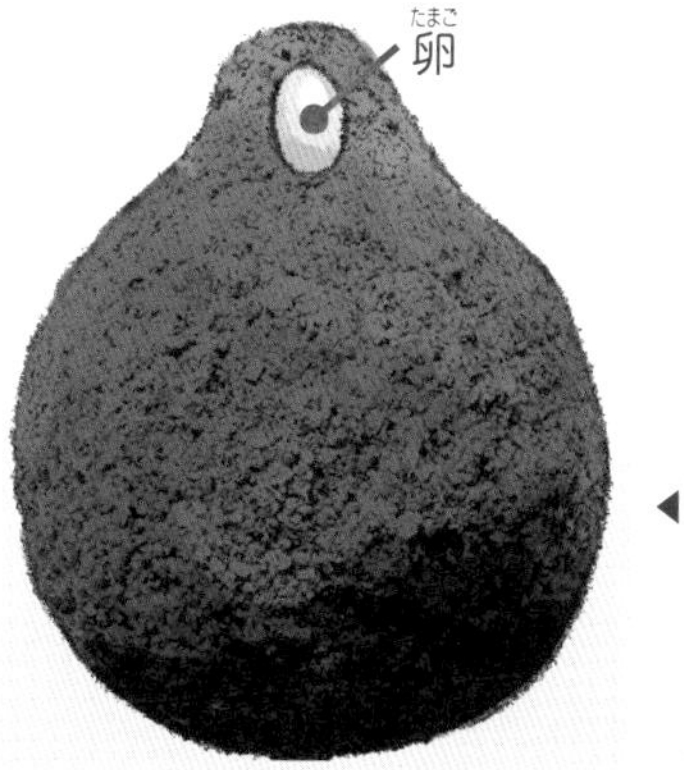

◀洋《よう》ナシの形《かたち》をしたエジプトタマオシコガネのフンの玉《たま》の断面《だんめん》。

その後《ご》のストーリー

実《じつ》は、お客《きゃく》さんのだれかが、指輪《ゆびわ》をかざっていた台《だい》にうっかりぶつかって、気《き》がつかないまま、指輪《ゆびわ》が地面《じめん》に転《ころ》がり落《お》ちてしまったのだ。ちょうどそこに、牛《うし》のフンの玉《たま》を運《はこ》ぶフンコロガシがやってきて、フンの玉《たま》に指輪《ゆびわ》がくっついて、かくれてしまったというわけ。だから、奥《おく》さんが探《さが》したときはフンの玉《たま》にくっついていて、見《み》つからなかったんだ。でも、運《はこ》んでいる途中《とちゅう》で、指輪《ゆびわ》はフンの玉《たま》からはずれて、無事発見《ぶじはっけん》できたんだ。

大切《たいせつ》な指輪《ゆびわ》が牛《うし》のフンまみれになってしまったけれど、「フンなんて平気《へいき》だわ。指《ゆび》輪《わ》がもどって本当《ほんとう》によかった！」と、奥《おく》さんはニッコリ笑《わら》ってそのまま指《ゆび》にはめたんだ。あぜんとするジュノとマリだったよ。

サバイバル推理《すいり》 10

ドロンと消《き》えたアメンボ

悲鳴《ひめい》をあげるジュノ▶

忍者《にんじゃ》の里《さと》にやってきた、ジュノとマリとヌリの三人《さんにん》。本格的《ほんかくてき》な忍者《にんじゃ》の修行体験《しゅぎょうたいけん》ができるので、ジュノとヌリは忍者《にんじゃ》のまねをして、はりきっている。

「せっしゃは忍者《にんじゃ》でござる、ニン、ニン！」

「シュリケンでござるよ。シュッシュッ！」

まず最初《さいしょ》に挑戦《ちょうせん》したのは、忍者《にんじゃ》の里《さと》でも一番人気《いちばんにんき》という「水《みず》グモの術《じゅつ》」。うき輪《わ》のような大《おお》きな板《いた》の上《うえ》に乗《の》って、水面《すいめん》を歩《ある》くものだ。バランスがうまくとれず、水《みず》の中《なか》に落《お》ちそうになって、大声《おおごえ》で悲鳴《ひめい》を上《あ》げるジュノ。ふと見《み》ると、アメンボが軽《かろ》やかに水面《すいめん》を進《すす》んでいる。

「アメンボはすごいな！ 水《みず》の上《うえ》をスイスイと進《すす》むなんて、まるで忍者《にんじゃ》だ!! よーし、アメンボの動《うご》きを観察《かんさつ》して、ボクもできるようになるぞ！」

ジュノは池《いけ》にいたアメンボを一匹《いっぴき》すくい上《あ》げ、わずかな水《みず》といっしょに、小《ちい》さなバケツの中《なか》に入《い》れた。

◀水面《すいめん》を進《すす》むアメンボ。

推理《すいり》した日《ひ》 □月 □日

?! 文章全体《ぶんしょうぜんたい》を読《よ》んでまとめよう

1 どんな事件《じけん》が起《お》きたのか、□をうめて、まとめましょう。

ア なんの？ □ の修行体験《しゅぎょうたいけん》にやってきたジュノたち。水《みず》の上《うえ》を歩《ある》けるように、イ なんの？ □ の観察《かんさつ》をしようとつかまえて、わずかな水《みず》といっしょに ウ なにに？ □ に入《い》れた。

しかし、お昼《ひる》ごはんの後《あと》にもどってみると、その中《なか》からアメンボが消《き》えていた。

なぜいないのか、エ だれ？ □ はわかったという。

さて、いったい何《なに》に気《き》づいたのだろう？

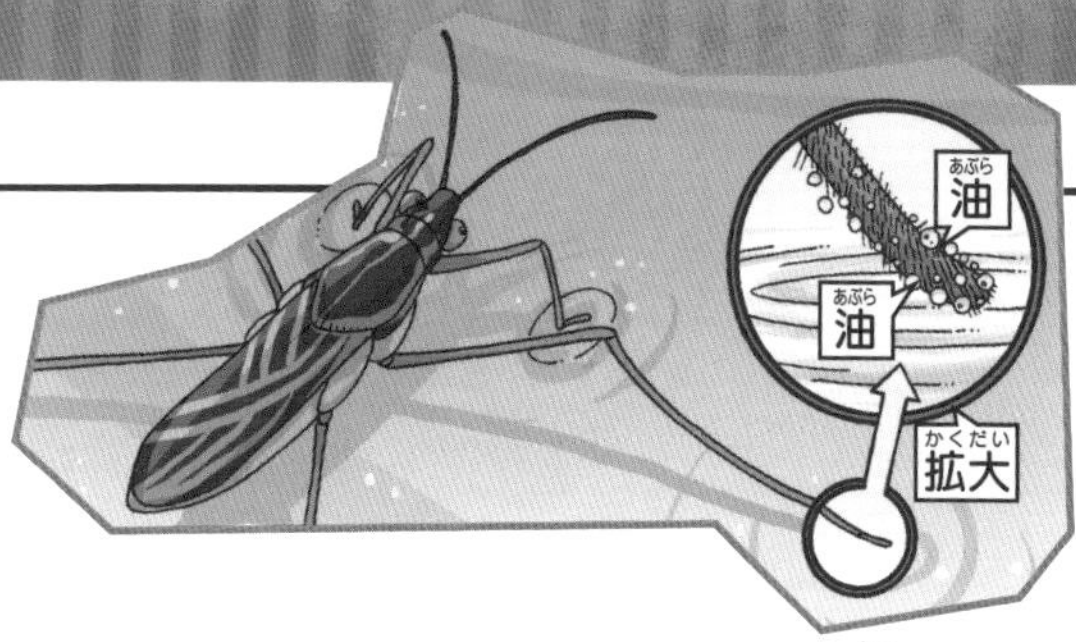

◀アメンボのあしの先《さき》。

すると、とつ然《ぜん》ジュノの背後《はいご》に人《ひと》の気配《けはい》が……。おどろいてふり向《む》くと、知《し》らないおじいさんがニコニコして立《た》っていた。

「ワシも、アメンボが不思議《ふしぎ》で、ずいぶんと研究《けんきゅう》をしたもんじゃ。今《いま》では、アメンボ博士《はかせ》になってしまったわい。」

「へえ！　じゃあ、アメンボの秘密《ひみつ》を教《おし》えてよ！」

ジュノは、目《め》をかがやかせた。

「では、アメンボが、どうして水《みず》にうくか、知《し》っているかの？」

おじいさんが質問《しつもん》をすると、すぐに首《くび》をひねるジュノ。

「えっ、どうしてだろう？　体《からだ》がすごく軽《かる》いからかな？」

「もちろん、それも関係《かんけい》するんじゃが、あしに秘密《ひみつ》があるからじゃ。あしの先《さき》はたくさんの細《こま》かい毛《け》でおおわれている。その毛《け》には油《あぶら》がついていて水《みず》をはじくから、水《みず》にうくことができるのじゃよ。」

「へぇ、そうなんだ〜。」

と、おどろくヌリの横《よこ》で、マリがおじいさんにたずねた。

「あれは、もしかして、はね？」

「そうじゃ。アメンボには、はねをもつ種類《しゅるい》がいる。池《いけ》やぬまに生息《せいそく》するんじゃが、今《いま》いる場所《ばしょ》が気《き》に入《い》らないと、すみやすい場所《ばしょ》やエサを求《もと》めて、別《べつ》の場所《ばしょ》に飛《と》んで移動《いどう》するんじゃよ。」


⬅先《さき》に文章《ぶんしょう》を65ページまで読《よ》みましょう。

❷ 水《みず》グモの術《じゅつ》を体験《たいけん》していたジュノは、なぜアメンボを忍者《にんじゃ》のようだと思《おも》いましたか。

［　　　］の上《うえ》をスイスイと［　　　］から。

❸ ジュノたちにアメンボについて教《おし》えてくれたのは、どんな人《ひと》ですか。正《ただ》しいもの一《ひと》つに○をつけましょう。

ア 池《いけ》で水《みず》グモの術《じゅつ》の修行《しゅぎょう》をしていた人《ひと》。
イ ジュノの背後《はいご》にとつ然《ぜん》現《あらわ》れたおじいさん。
ウ たんぼでアメンボの説明《せつめい》をしている人《ひと》。

▶あたりを見回《みまわ》すジュノ。

「ところで、おじいさんも、忍者《にんじゃ》の修行体験《しゅぎょうたいけん》に来《き》たの？」

ジュノがたずねたけれど、いつの間《ま》にか姿《すがた》が消《き》えていた。

「あれっ？　おじいさんがいない！　とつ然現《ぜんあらわ》れては消《き》えてさ、まるで忍者《にんじゃ》みたいだよ。何《なん》だか不気味《ぶきみ》だな〜。」

ジュノがあたりを見回《みまわ》していると、ヌリが鼻《はな》をクンクンさせて言《い》った。

「ねぇ、おいしそうなニオイがしてきたよ。もう昼《ひる》ごはんの時間《じかん》だ！　スペシャル忍者《にんじゃ》ごはんが人気《にんき》なんだよっ。早《はや》く行《い》こうよ！」

アメンボの入《はい》ったバケツを持《も》ったまま行《い》こうとするジュノに、

「アメンボは置《お》いていくのよ。」

と、マリがあわてて声《こえ》をかけた。

「う〜、仕方《しかた》がないか。ボクのかわいいアメンボくん、待《ま》っててね！」

ジュノは何度《なんど》もバケツをふり返《かえ》った。

昼《ひる》ごはんを終《お》えて、三人《さんにん》は池《いけ》の近《ちか》くへもどってきた。ジュノが、さきほどのバケツをのぞきこむと、さけんだ。

「あっ！　ボクのアメンボがいない！　どうしてだ!?」

バケツの中《なか》は、水《みず》だけになっていたのだ。ジュノはあせってバケツの周《まわ》りを探《さが》したが、どこにもいない。

◀昼《ひる》ごはんに急《いそ》ぐヌリ。

4 **アメンボはどうして水《みず》にうくことができるのですか。それぞれ正《ただ》しい方《ほう》を○で囲《かこ》みましょう。**

あしの先《さき》はたくさんの（はね／毛《け》）でおおわれている。その毛《け》には（花粉《かふん》／油《あぶら》）がついていて、水《みず》をはじくから。

5 **アメンボの説明《せつめい》として、正《ただ》しいものに○をつけましょう。**

ア　忍者《にんじゃ》の術《じゅつ》が使《つか》える忍者《にんじゃ》である。
イ　別《べつ》の場所《ばしょ》に飛《と》んで移動《いどう》する。
ウ　体《からだ》がすごく重《おも》い。

6 **アメンボがいなくなったとき、三人《さんにん》はそれぞれ何《なん》と言《い》いましたか。合《あ》うものを線《せん》で結《むす》びましょう。**

ア　かくれ身《み》の術《じゅつ》でアメンボは姿《すがた》をかくした。・　　・①ジュノ
イ　お昼《ひる》ごはんの時間《じかん》にはこの場所《ばしょ》にはだれもいなかったはず。・　　・②マリ
ウ　おじいさんがアメンボを盗《ぬす》んだ。・　　・③ヌリ

▶あせるジュノ。

「もしかしたら、かくれ身《み》の術《じゅつ》で姿《すがた》をかくしたのかもしれないよ。アメンボがドロンと消《き》えたんだ。」

ヌリがちゃかすと、ジュノがおこりだした。

「そんなはずないだろ！　きっとだれかがボクのアメンボを持《も》って行《い》ってしまったんだ。」

「ジュノ兄貴《あにき》のってわけでもないでしょ。もともと池《いけ》にいたんだから。」

「それにしても、お昼《ひる》ごはんの時間《じかん》はみんないっせいに食堂《しょくどう》に行《い》くから、この場所《ばしょ》にはだれもいなかったはずよ。」

というマリの言葉《ことば》を聞《き》いて、ジュノはさけんだ。

「あっ！　さっきのなぞのおじいさんがあやしい！　だれも気《き》づかないうちにバケツに近《ちか》づいて、アメンボをつかまえて、さっと消《き》えたんだよ!!」

大《おお》さわぎするジュノに、他《ほか》のお客《きゃく》さんたちの視線《しせん》が集《あつ》まり始《はじ》めた。そのとき、マリはあることを思《おも》い出《だ》した。

「ジュノ、落《お》ち着《つ》いて。どうしてアメンボがいないのか、わかったわ！　さっき、そのおじいさんが教《おし》えてくれたじゃない。」

さて、マリは何《なに》に気《き》づいたのだろう。

◀何《なに》かに気《き》づいたマリ。

ズバリ事件解決《じけんかいけつ》！

7 マリは、アメンボが消《き》えた理由《りゆう》について、どんな推理《すいり》をしたのでしょう。

はねがあるアメンボは、ア[　　]やエサを求《もと》めて、別《べつ》の場所《ばしょ》にイ[　　]移動《いどう》する。

また、アメンボがバケツの中《なか》からウ[　　]時間《じかん》には、池《いけ》の近《ちか》くにだれもいなかったはずだ。

ズバリ、盗《ぬす》まれたのではなく、せまいバケツから別《べつ》の場所《ばしょ》へと移《うつ》るために、アメンボはエ[　　]からだ！

サバイバル推理《すいり》 10

ドロンと消《き》えたアメンボ

解答《かいとう》&解説《かいせつ》

1

ア にん者　イ アメンボ
ウ バケツ　エ マリ

「忍者《にんじゃ》」と漢字《かんじ》で書《か》いても正解《せいかい》です。

まず、全体《ぜんたい》の流《なが》れをしっかりとつかみましょう。
ジュノがバケツに入《い》れたアメンボが、いなくなるという事件《じけん》が起《お》こりました。マリは、アメンボが消《き》えたことについてどう考《かんが》えたのか、読《よ》み取《と》りましょう。

2

水、進む

62ページに水《みず》グモの術《じゅつ》を体験《たいけん》する様子《ようす》が書《か》かれています。うまくバランスがとれないジュノは、水《みず》の上《うえ》を軽《かろ》やかに進《すす》むアメンボを見《み》て「まるで忍者《にんじゃ》だ!!」と思《おも》ったのです。

3

イ

63ページで、アメンボについて教《おし》えてくれるおじいさんが登場《とうじょう》します。どんなおじいさんか、よく読《よ》んで答《こた》えを選《えら》びましょう。

4

毛、油

アメンボが水《みず》にうく理由《りゆう》について、63ページでおじいさんが、くわしく説明《せつめい》しています。よく読《よ》んで答《こた》えましょう。

5

イ

文章《ぶんしょう》に出《で》てくる、アメンボの特《とく》ちょうをおさえましょう。正解《せいかい》のイは、アメンボが消《き》えたなぞを解《と》くヒントです。

6

ア―③　イ―②　ウ―①

65ページを読《よ》んで、三人《さんにん》のやりとりをまとめましょう。

7

ア すみやすい場所　イ 飛んで
ウ 消えた（いなくなった）
エ 飛んだ

はねがある種類《しゅるい》のアメンボは飛《と》んで移動《いどう》すると、おじいさんは話《はな》していました。マリは、アメンボがせまいバケツから別《べつ》の場所《ばしょ》を求《もと》めて、飛《と》んで移動《いどう》したと気《き》がついたのです。

虫《むし》のサバイバルデータ　アメンボの巻《まき》

アメンボは、水面《すいめん》をおもな生息場所《せいそくばしょ》にしている水生《すいせい》のカメムシの仲間《なかま》です。日本《にほん》には海岸《かいがん》や離島《りとう》にすむものもふくめて 30 種《しゅ》近《ちか》くがいます。なかでもよく見《み》られるのは、アメンボ（ナミアメンボ）とヒメアメンボ、大型《おおがた》のオオアメンボで、池《いけ》や川《かわ》、水田《すいでん》、水《みず》たまり、プールなどで見《み》られます。水面《すいめん》にういて、中《なか》あしをボートのオールのように動《うご》かしながら後《うし》ろあしでかじをとり、すべるように動《うご》いていきます。水面《すいめん》に落《お》ちた昆《こん》虫《ちゅう》などの動《うご》きを波《なみ》で感《かん》じると、その方向《ほうこう》へスーッと動《うご》いていき、つめのある前《まえ》あしでえものをつかまえて、針《はり》のような口《くち》をさして消化液《しょうかえき》を流《なが》しこみ、とかして吸《す》います。

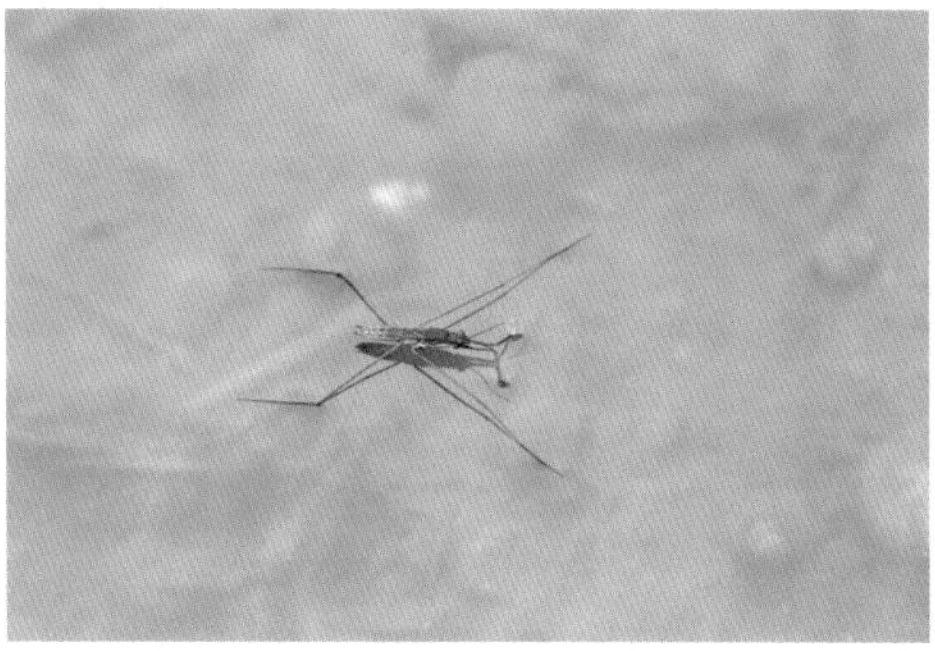

◀水面《すいめん》にういているナミアメンボ。

アメンボといえば、「どうして水《みず》にしずまないのか？」という疑問《ぎもん》を持《も》つのではないでしょうか。アメンボのあしにはたくさんの細《こま》かい毛《け》が生《は》えていて、毛《け》の間《あいだ》にたくさんの空気《くうき》がふくまれています。しかも、毛《け》はあしから出《で》たロウのようなものでおおわれていて、水《みず》をはじきます。あし先《さき》の長《なが》いすね全体《ぜんたい》が水《みず》に接《せっ》しているため、水面《すいめん》を押《お》す面積《めんせき》が大《おお》きく体重《たいじゅう》も軽《かる》いのです。そのため、動《うご》き回《まわ》っても、水面《すいめん》に働《はたら》いている物《もの》をはじく力《ちから》（表面張力《ひょうめんちょうりょく》）よりも小《ちい》さな重《おも》さしかかからず、ういていられるのです。

ふだんは水面《すいめん》でくらしているアメンボですが、敵《てき》から逃《に》げたり、すむ場所《ばしょ》を変《か》えたりする時《とき》には、はねで飛《と》ぶこともできます。また、冬《ふゆ》の寒《さむ》い期間《きかん》には、水辺《みずべ》の土《つち》の割《わ》れ目《め》や落《お》ち葉《ば》や枯《か》れ草《くさ》の間《あいだ》などにもぐりこんで、じっとして春《はる》を待《ま》ちます。また、ナミアメンボは、夏場《なつば》にははねが短《みじか》く飛《と》べないものも多《おお》く見《み》られます。

その後《ご》のストーリー

「そうだった！　アメンボは、飛《と》んで移動《いどう》できるんだ……。」

シュンとするジュノのアメンボに、マリが言《い》った。

「きっとジュノのアメンボも、せまいバケツの中《なか》から、もとの池《いけ》に飛《と》んでいったのよ。」

「アメンボは、水《みず》の上《うえ》も歩《ある》けて、空《そら》も飛《と》べるなんて、本当《ほんとう》に忍者《にんじゃ》みたい！」

その後《ご》、三人《さんにん》は忍者《にんじゃ》になりきって修行体験《しゅぎょうたいけん》を楽《たの》しんだ。帰《かえ》るころ、この里《さと》の伝説《でんせつ》の忍者《にんじゃ》といわれる人物《じんぶつ》が現《あらわ》れたらしく、人《ひと》だかりができていた。「今日《きょう》は楽《たの》しんでもらえたじゃろうか？」という声《こえ》が聞《き》こえてきたとたん、三人《さんにん》は顔《かお》を見合《みあ》わせた。

「あれ？　この声《こえ》は!?　あの、おじいさんだ！」

アメンボを盗《ぬす》んだ犯人《はんにん》だと疑《うたが》っていたジュノは、恥《は》ずかしくて、かくれ身《み》の術《じゅつ》でドロンと消《き》えたくなったよ。

▶スズメバチに出会《であ》った3人《にん》。

サバイバル推理《すいり》

11 盗《ぬす》まれた幻《まぼろし》のはちみつ

ある日《ひ》、ジュノとマリは、ヌリの誘《さそ》いでピクニックに来《き》た。林《はやし》の中《なか》を歩《ある》き始《はじ》めた三人《さんにん》。しばらく進《すす》むと、前方《ぜんぽう》の木《き》から、ブウウウンという大《おお》きな音《おと》が聞《き》こえてきた。よく見《み》ると、黄《き》色《いろ》と黒《くろ》のしましま模様《もよう》をした大《おお》きなハチが何匹《なんびき》か、木《き》の周《まわ》りを飛《と》んでいる。

「うわっ、スズメバチだ！　スズメバチって強力《きょうりょく》な毒《どく》の出《で》る毒針《どくばり》を持《も》っているんだよね。刺《さ》されたら大変《たいへん》だ！」

ヌリがふるえる声《こえ》で言《い》うと、マリが説明《せつめい》する。

「あわてないで。どんなハチもむやみに人《ひと》を刺《さ》さないわ。人《ひと》をおそうのは、巣《す》を守《まも》ろうとする時《とき》だけ。あの木《き》に巣《す》があるのかもしれないから、刺激《しげき》しないよう進《すす》みましょう。」

三人《さんにん》は、スズメバチのいる木《き》をさけて進《すす》んだ。

「ふー。気《き》づかれずにすんだぞ。」

ジュノがほっとして額《ひたい》のあせをぬぐったその時《とき》、ブンブンという音《おと》が聞《き》こえてきた。

「今度《こんど》はミツバチだ。」

推理《すいり》した日《ひ》　□月　□日

?! 文章全体《ぶんしょうぜんたい》を読《よ》んでまとめよう

1 どんな事件《じけん》が起《お》きたのか、□をうめて、まとめましょう。

ジュノとマリは、ア だれの？ □ の誘《さそ》いで、イ なにに？ □ にやってきた。目的地《もくてきち》の草原《そうげん》に向《む》かう林《はやし》の中《なか》でウ なに？ □ とエ なに？ □ に出会《であ》った。林《はやし》をぬけたところの屋敷《やしき》で、幻《まぼろし》のオ なにが？ □ が盗《ぬす》まれる事件《じけん》が

◀おそいかかるスズメバチ。

ジュノが指《ゆび》さす木《き》の上《うえ》にミツバチの巣《す》があって、そのそばにたくさんのミツバチが飛《と》んでいる。

「ミツバチだって毒針《どくばり》を持《も》っているよね？」

ヌリが顔《かお》をしかめると、マリが言《い》った。

「刺激《しげき》しなければ大丈夫《だいじょうぶ》よ。ちなみに、スズメバチは何度《なんど》も人《ひと》を刺《さ》せるけれど、ミツバチは一度《いちど》しか刺《さ》せないわ。ミツバチの針《はり》の先《さき》には逆向《ぎゃくむ》きのとげがあるの。だから、刺《さ》してぬく時《とき》に、針《はり》が引《ひ》っかかって、内臓《ないぞう》ごと体《からだ》からぬけて死《し》んでしまうのよ。」

マリの説明《せつめい》に、ジュノがおどろく。

「ミツバチは、命《いのち》がけで巣《す》を守《まも》るんだな。」

しばらくミツバチを見《み》ていると、ヌリがさけんだ。

「おい！　スズメバチが来《き》たぞ！　さっきのやつらかも。」

ところが、スズメバチはジュノたちには目《め》もくれず、ミツバチにおそいかかった。

「え？　スズメバチってミツバチを食《た》べるの？」

「スズメバチは樹液《じゅえき》や花《はな》のみつなどが食《た》べ物《もの》よ。でも、幼虫《ようちゅう》の時《とき》は肉食《にくしょく》なのよ。成虫《せいちゅう》がつかまえたミツバチなどの昆虫《こんちゅう》を、幼虫《ようちゅう》は食《た》べるの。」

◀ミツバチと、逆向《ぎゃくむ》きのとげがある針《はり》。

←先《さき》に文章《ぶんしょう》を71ページまで読《よ》みましょう。

起《お》きていたが、［カ だれが？　　　　］が容疑者《ようぎしゃ》のウソを見破《みやぶ》った。
いったい、だれがどんなウソを言《い》ったのだろう？

2 ハチはどんな時《とき》に人《ひと》をおそうと言《い》っていますか。

巣《す》を［　　　　　　　　］時《とき》。

3 スズメバチとミツバチについて答《こた》えます。正《ただ》しいものを二《ふた》つ選《えら》んで○をつけましょう。

ア スズメバチは、強力《きょうりょく》な毒《どく》の出《で》る毒針《どくばり》を持《も》っていて、何回《なんかい》でも人《ひと》を刺《さ》すことができる。

イ スズメバチの成虫《せいちゅう》は肉食《にくしょく》で、ミツバチなどの昆虫《こんちゅう》をつかまえて食《た》べる。

ウ ミツバチの毒針《どくばり》には逆向《ぎゃくむ》きのとげがあるので、何回《なんかい》でも刺《さ》すことができる。

エ ミツバチがスズメバチに勝《か》つこともある。

三人《さんにん》はまた歩《ある》き出《だ》したが、心配《しんぱい》そうにジュノが言《い》った。

「あのミツバチたち、でかいスズメバチにやられちゃうよ。」

「そうとも限《かぎ》らないわ。ミツバチには必殺技《ひっさつわざ》があるの。たくさんのミツバチでスズメバチを包《つつ》みこんで、おしくらまんじゅうのようにして熱《ねつ》でたおしたりするの。」

「へえ、ミツバチもやるなあ。」

ジュノとヌリは感心《かんしん》した。

林《はやし》をぬけた三人《さんにん》の目《め》の前《まえ》に、やがて大《おお》きな屋敷《やしき》が見《み》えてきた。

「あの屋敷《やしき》を過《す》ぎれば、草原《そうげん》はすぐだよ。」

ヌリがそう言《い》ったとき、屋敷《やしき》のほうから大《おお》きな声《こえ》が聞《き》こえてきた。ジュノは、何《なに》が起《お》きたか気《き》になって、かけ出《だ》した。

屋敷《やしき》の前《まえ》では四人《よにん》の男《おとこ》が言《い》い合《あ》いをしていた。一人《ひとり》は屋敷《やしき》の主人《しゅじん》で、大事《だいじ》な「幻《まぼろし》のはちみつ」を盗《ぬす》まれたという。残《のこ》りの三人《さんにん》は屋敷《やしき》のそばをうろうろしていた人《ひと》たちで、屋敷《やしき》の主人《しゅじん》は、三《さん》人《にん》の中《なか》にはちみつを盗《ぬす》んだ犯人《はんにん》がいると疑《うたが》い、持《も》ち物《もの》を調《しら》べようとしていた。

容疑者《ようぎしゃ》の一人《ひとり》は、大《おお》きなかばんを持《も》ったA《エー》氏《し》だ。

「私《わたし》はスズメバチの研究家《けんきゅうか》だ。スズメバチがこの屋敷《やしき》の花《か》だんで花《はな》のみ

◀かけ出《だ》したジュノ。

❹ ミツバチの必殺技《ひっさつわざ》について答《こた》えましょう。

たくさんのミツバチでスズメバチを［　　　　］、
おしくらまんじゅうのようにして［　　］でたおす。

❺ 三人《さんにん》の容疑者《ようぎしゃ》の話《はなし》をまとめます。（　）に合《あ》う記号《きごう》を書《か》きましょう。同《おな》じ記号《きごう》を何度《なんど》使《つか》ってもかまいません。

A《エー》氏《し》……持《も》っていたのは（　）。中《なか》には（　）が入《はい》っている。屋敷《やしき》の近《ちか》くにいたのは、（　）が（　）のを観察《かんさつ》していたから。

B《ビー》氏《し》……かばんの中《なか》に（　）はなかった。屋敷《やしき》の前《まえ》にいたのは、（　）にうでを（　）刺《さ》されたので、（　）を巻《ま》いていたから。

C《シー》氏《し》……金属製《きんぞくせい》の箱《はこ》には（　）が入《はい》っている。さっきまで（　）の中《なか》にいて、（　）が（　）に勝《か》つ様子《ようす》を見《み》ていた。

▶幻《まぼろし》のはちみつが盗《ぬす》まれた屋敷《やしき》。

つを吸《す》っている様子《ようす》を観察《かんさつ》していたのだ。かばんの中《なか》には、スズメバチが入《はい》っていて危険《きけん》だから、開《あ》けるわけにはいかない。」

二人目《ふたりめ》は、包帯《ほうたい》で左《ひだり》うでをぐるぐる巻《ま》きにした医者《いしゃ》のB《ビー》氏《し》。かばんの中身《なかみ》を素直《すなお》に見《み》せたところ、はちみつは入《はい》っていない。B《ビー》氏《し》は、草原《そうげん》に薬草《やくそう》を探《さが》しに行《い》くそうだ。

「ここに来《く》るときに一匹《いっぴき》のミツバチが飛《と》んでいたんです。手《て》ではらったら、刺激《しげき》してしまったようで何度《なんど》も刺《さ》されたんです。それで、この屋敷《やしき》の前《まえ》で包帯《ほうたい》を巻《ま》いていたんですよ。」

そう言《い》って、包帯《ほうたい》で太《ふと》くふくらんだ左《ひだり》うでを見《み》せた。

三人目《さんにんめ》のC《シー》氏《し》は、金属製《きんぞくせい》の箱《はこ》を持《も》っていた。

「私《わたし》は宝石商人《ほうせきしょうにん》です。箱《はこ》の中身《なかみ》は大事《だいじ》な宝石《ほうせき》なので見《み》せられません。さっきまで林《はやし》の中《なか》でミツバチとスズメバチの戦《たたか》いを見《み》ていたので、犯人《はんにん》ではないですぞ。戦《たたか》いですか？ 最後《さいご》はミツバチが勝《か》ちましたな！」

三人《さんにん》の話《はなし》を聞《き》いていたジュノは、にやりと笑《わら》った。

「ふふん。ウソをついている人《ひと》がいる！ きっとその人《ひと》が犯人《はんにん》に違《ちが》いない！」

いったい明《あき》らかなウソをついていたのはだれで、それはどんなウソなのだろう。

◀ジュノはにやりと笑《わら》った。

6 ジュノは、だれのどのようなウソを見破《みやぶ》ったのでしょう。

①スズメバチ ②ミツバチ ③林《はやし》
④大《おお》きなかばん ⑤包帯《ほうたい》 ⑥はちみつ
⑦花《はな》のみつを吸《す》う ⑧何度《なんど》も ⑨宝石《ほうせき》

ウソをついたのは ㋐［　　］ だ。

なぜなら、㋑［　　］ は ㋒［　　］ 人《ひと》を刺《さ》したら、㋓［　　］ しまう。

ズバリ、一匹《いっぴき》の ㋔［　　］ に ㋕［　　］ も刺《さ》されたというのはウソだ！

サバイバル推理《すいり》

11 盗《ぬす》まれた幻《まぼろし》のはちみつ

解答《かいとう》&解説《かいせつ》

①

㋐ ヌリ　㋑ ピクニック
㋒ スズメバチ　㋓ ミツバチ
㋔ はちみつ　㋕ ジュノ

㋒と㋓は順序《じゅんじょ》が逆《ぎゃく》でも正解《せいかい》です。

まず、全体《ぜんたい》の流《なが》れをしっかりとつかみましょう。

ジュノたちは草原《そうげん》に向《む》かう林《はやし》の中《なか》でスズメバチとミツバチに出会《であ》います。その後《ご》、大《おお》きな屋敷《やしき》の前《まえ》で「幻《まぼろし》のはちみつ」が盗《ぬす》まれたという事件《じけん》に出《で》くわし、ジュノが容疑者《ようぎしゃ》のウソを見破《みやぶ》りました。

②

守ろうとする

68ページで、マリは「あわてないで。」の言葉《ことば》の後《あと》に、ハチがどんな時《とき》に人間《にんげん》を攻撃《こうげき》するのかを説明《せつめい》しています。

③

ココがポイント

㋐・㋓

スズメバチとミツバチについては、マリが説明《せつめい》しています。この説明《せつめい》の中《なか》に、今回《こんかい》の事件《じけん》を解《と》くカギがあります。

④

包みこんで、熱

70ページ「そうとも限《かぎ》らないわ。」の後《あと》のマリの言葉《ことば》をしっかり読《よ》みましょう。

⑤

A氏…④・①・①・⑦
B氏…⑥・②・⑧・⑤
C氏…⑨・③・②・①

70ページからの容疑者《ようぎしゃ》の話《はなし》をしっかり読《よ》んで、それぞれの主張《しゅちょう》をおさえましょう。

⑥

㋐ B氏（医者）　㋑ ミツバチ
㋒ 一度　㋓ 死んで
㋔ ミツバチ　㋕ 何度

ミツバチの「一度《いちど》刺《さ》したら死《し》んでしまう」という特《とく》ちょうをおさえていれば、「一匹《いっぴき》のミツバチに何度《なんど》も刺《さ》された」と主張《しゅちょう》するB氏《ビーし》がウソをついていると、見破《みやぶ》ることができます。

スズメバチとミツバチのちがいがポイントね！

虫《むし》のサバイバルデータ　ミツバチのダンスの巻《まき》

ミツバチはダンスを踊《おど》るそうです。といっても、人間《にんげん》のように音楽《おんがく》に合《あ》わせて踊《おど》るというわけではありません。仲間《なかま》とのコミュニケーションのために、ダンスを使《つか》っているというのです。いったいどういうことでしょうか。

ミツバチは、働《はたら》きバチが花《はな》のみつを集《あつ》めて巣《す》に運《はこ》んできます。働《はたら》きバチは一《ひと》つの巣《す》に何千匹《なんぜんびき》もいて、それぞれ別々《べつべつ》の方向《ほうこう》にあるエサ場《ば》に飛《と》んで行《い》って、花《はな》のみつを集《あつ》めます。ある働《はたら》きバチが、新《あたら》しいエサ場《ば》を見《み》つけたとします。巣《す》に戻《もど》ってくると、巣《す》の中《なか》でおしりを振《ふ》りながら回《まわ》り始《はじ》めます。これがミツバチのダンスです。

このとき、8の字《じ》を描《えが》くように動《うご》くので、「8の字《じ》ダンス」と呼《よ》ばれています。8の字《じ》ダンスでは、8の字《じ》の向《む》きがエサ場《ば》のある方向《ほうこう》を表《あらわ》しています（下《した》の図《ず》を見《み》ましょう）。そして、8の字《じ》を描《えが》く速度《そくど》がエサ場《ば》までの距離《きょり》を表《あらわ》します。エサ場《ば》が遠《とお》いほどゆっくり8の字《じ》を描《えが》くのです。こうして、ミツバチは、仲間《なかま》に新《あたら》しいエサ場《ば》を教《おし》えるのです。

ちなみに、一匹《いっぴき》の働《はたら》きバチが一生《いっしょう》の間《あいだ》に集《あつ》めるはちみつの量《りょう》は、小《ちい》さなスプーン一《いっ》杯分《ぱいぶん》にもならないそうです。

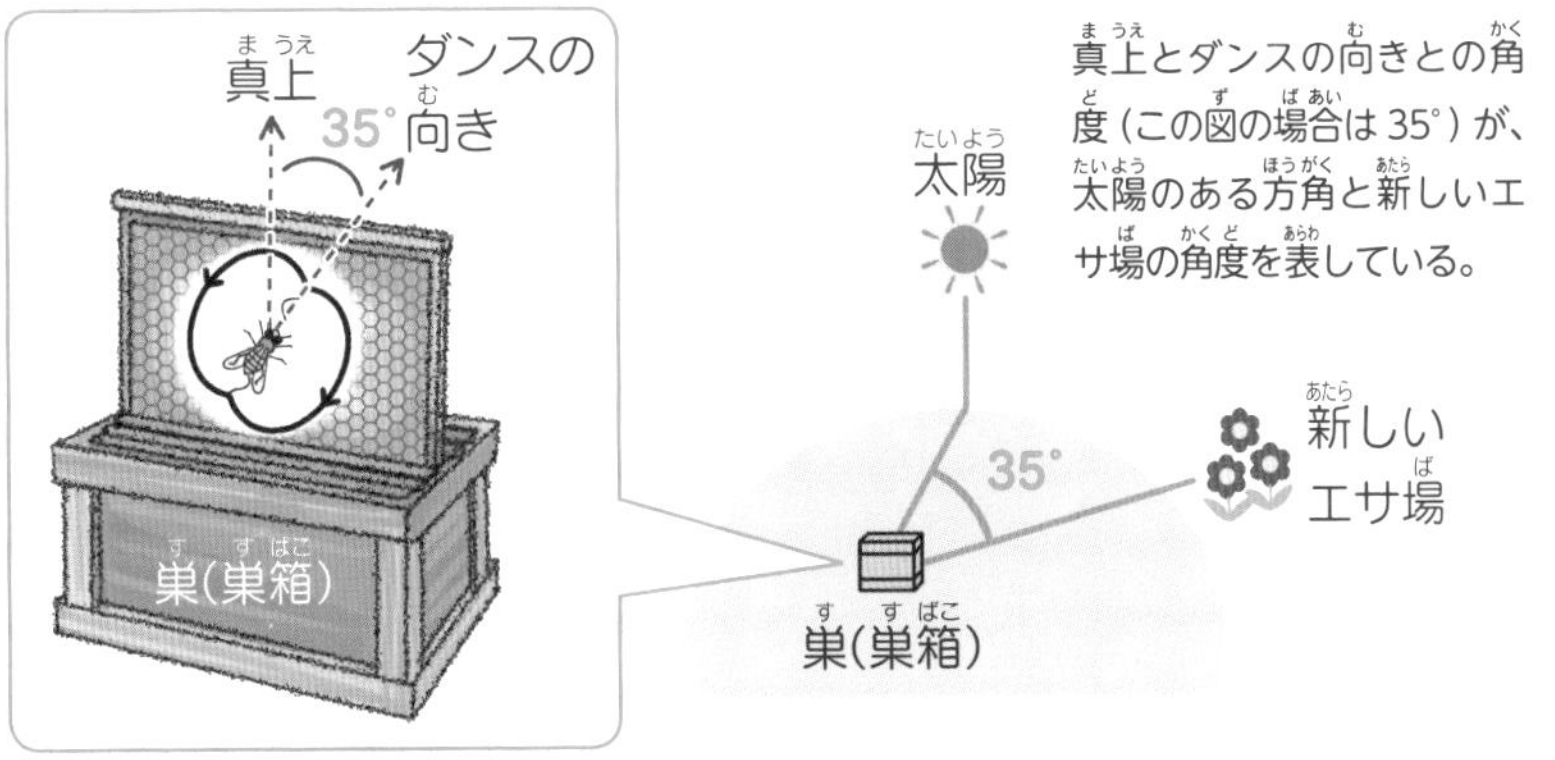

その後《ご》のストーリー

「B《ビー》さん、犯人《はんにん》はあなただ！」ジュノがビシッと指《ゆび》さすと、B《ビー》氏《し》はゆかいそうに笑《わら》いだした。

「フフフ。よく見破《みやぶ》ったな。ごほうびにこれは返《かえ》してやろう。」

そう言《い》うと、うでに巻《ま》いていた包帯《ほうたい》を取《と》り始《はじ》めた。するとその下《した》からは、なんと幻《まぼろし》のはちみつのビンが！

「包帯《ほうたい》の下《した》にかくしてたの？　だからあんなに包帯《ほうたい》がふくらんでいたのか！」

と、おどろくジュノに向《む》かって、B《ビー》氏《し》ははちみつのビンを放《ほう》ってよこした。

「私《わたし》は怪盗《かいとう》X《エックス》。世界《せかい》をまたにかける大《おお》ドロボウだ。キミはジュノ君《くん》といったね。えんがあればまた会《あ》おう！」

そう言《い》って怪盗《かいとう》X《エックス》は、やってきたヘリコプターに飛《と》び乗《の》って、空《そら》にうかび上《あ》がった。

「あ！　待《ま》てー！」

さけぶヌリたちを残《のこ》して、怪盗《かいとう》X《エックス》は飛《と》び去《さ》っていったのだった。

サバイバル推理《すいり》 12

巨《きょ》大《だい》クモの巣《す》で大《だい》バトル

ある日《ひ》、ジュノのもとに怪盗《かいとう》X《エックス》からの予告状《よこくじょう》が届《とど》いた。

> 世界《せかい》クモ研究所《けんきゅうじょ》にある、本物《ほんもの》のクモの糸《いと》を織《お》って作《つく》った、世界的《せかいてき》に貴重《きちょう》な「クモ糸《いと》ドレス」をいただく。名探偵《めいたんてい》ジュノ君《くん》、キミに防《ふせ》ぐことができるかな？
> 怪盗《かいとう》X《エックス》

◀対決《たいけつ》にはりきるジュノ。

「怪盗《かいとう》X《エックス》って、『幻《まぼろし》のはちみつ事件《じけん》』の時《とき》のあいつだな。今度《こんど》こそ、つかまえるぞ！」

と、はりきりながらもジュノは、首《くび》をかしげた。

「でもさ、クモの糸《いと》でドレスを作《つく》るなんて、すぐ破《やぶ》れてしまいそうだし、べとべとして着《き》にくい気《き》がするけどなあ。作《つく》るのが大変《たいへん》そうだから貴重《きちょう》なのはわかるけど……。」

「クモの糸《いと》って、鋼鉄《こうてつ》よりも強《つよ》いんだって。だから意外《いがい》に強《つよ》くて切《き》れにくいの。それから、クモの糸《いと》そのものはべとべとしていないのよ。」

マリの説明《せつめい》にジュノはおどろいた。

推理《すいり》した日《ひ》　□月　□日

?! 文章全体《ぶんしょうぜんたい》を読《よ》んでまとめよう

1 どんな事件《じけん》が起《お》きたのか、□をうめて、まとめましょう。

ア だれに？ [　　　　] に、怪盗《かいとう》X《エックス》から、本物《ほんもの》のクモの糸《いと》で作《つく》った イ なにを？ [　　　　] を盗《ぬす》むという予告状《よこくじょう》が届《とど》いた。早速《さっそく》ジュノとマリが ウ どこに？ [　　　　] に行《い》くと、ドレスは深《ふか》い穴《あな》をおおう、作《つく》り物《もの》の巨大《きょだい》な エ なに？ [　　　　] の中央《ちゅうおう》に展示《てんじ》され、

◀世界《せかい》クモ研究所《けんきゅうじょ》に向《む》かうジュノとマリ。

「え？ だって、クモの巣《す》ってべとべとしているじゃないか。」

「あれは、ねばり気《け》のある小《ちい》さなつぶつぶがたくさんついているからよ。クモは糸《いと》を出《だ》す時《とき》に、ねばり気《け》のあるつぶつぶを糸《いと》につけるの。」

「へー。そのせいなのか。でもさ、クモって自分《じぶん》のべとべとしている巣《す》を動《うご》きまわるけど、どうして引《ひ》っかからずに歩《ある》けるんだろう？」

「クモの巣《す》はたいてい、縦糸《たていと》と横糸《よこいと》でできているけど、クモがねばり気《け》のあるつぶつぶをつけるのは横糸《よこいと》だけなの。だから縦糸《たていと》はべとべとしていないのよ。そしてクモは、縦糸《たていと》を使《つか》って移動《いどう》しているから、自分《じぶん》の巣《す》に引《ひ》っかからないってわけ。」

「へーっ。クモってすごいなあ。よし、それじゃあクモ糸《いと》ドレスを守《まも》りに行《い》くぞ！」

気合《きあい》を入《い》れて、世界《せかい》クモ研究所《けんきゅうじょ》にやってきたジュノとマリだったが、研究所《けんきゅうじょ》の所長《しょちょう》の反応《はんのう》は冷《ひ》ややかだった。


←先《さき》に文章《ぶんしょう》を77ページまで読《よ》みましょう。

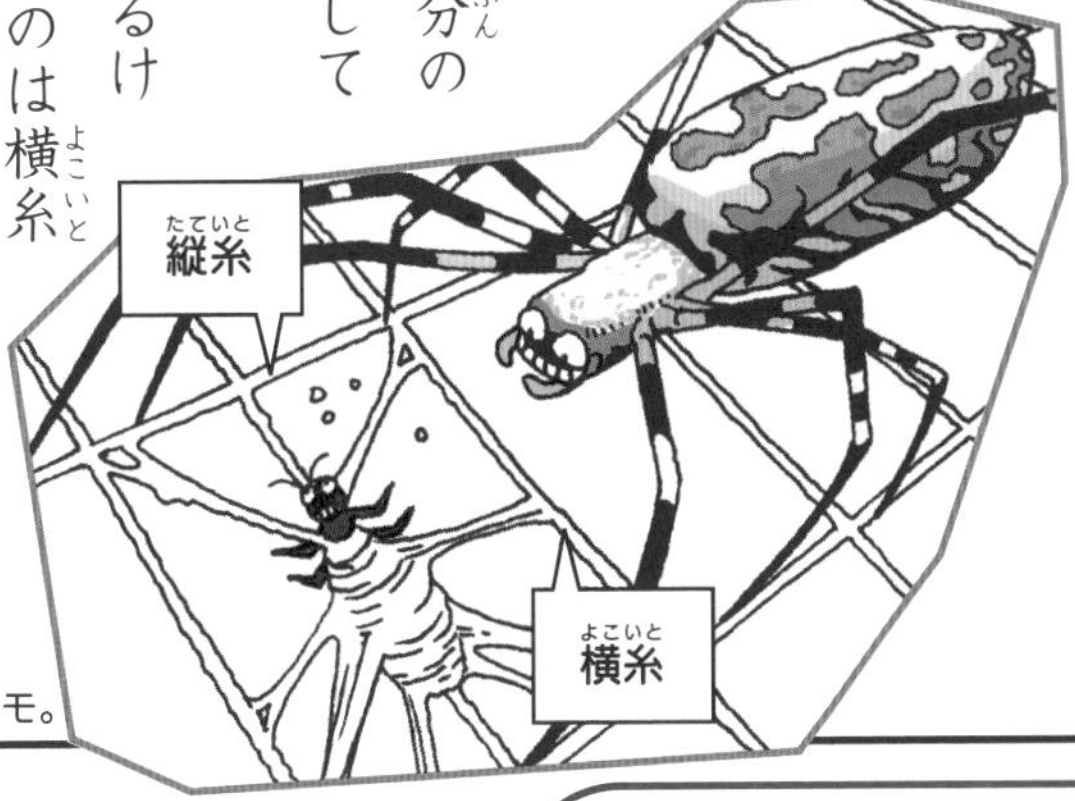

▶えものに近《ちか》づくクモ。

だれも近《ちか》づくことができない。
しかし、天井《てんじょう》からやってきて盗《ぬす》もうとした怪盗《かいとう》X《エックス》を、
オ だれが？ ［　　　　］がつかまえた。
いったい、どうやって近《ちか》づいたのだろう？

2 クモの巣《す》がべとべとしているのはなぜでしょう。

糸《いと》を出《だ》す時《とき》に［　　　　］小《ちい》さなつぶつぶを糸《いと》につけるから。

3 クモの巣《す》について正《ただ》しく説明《せつめい》しているものを一《ひと》つ選《えら》んで○をつけましょう。

ア クモの巣《す》の縦糸《たていと》はべとべとしていて、横糸《よこいと》はべとべとしていない。
イ クモの巣《す》の縦糸《たていと》も横糸《よこいと》もべとべとしている。
ウ クモの巣《す》の縦糸《たていと》はべとべとしていなくて、横糸《よこいと》はべとべとしている。

◀作《つく》り物《もの》のクモの巣《す》に守《まも》られたドレス。

「名探偵《めいたんてい》ジュノ？　キミがかい？」

ふてくされるジュノを気《き》にせず、所長《しょちょう》は話《はなし》を続《つづ》けた。

「確《たし》かに、研究所《けんきゅうじょ》にも怪盗《かいとう》Ｘ《エックス》から予告状《よこくじょう》が届《とど》いた。しかし、私《わたし》の自《じ》まんの防犯装置《ぼうはんそうち》で守《まも》っているから、キミの出番《でばん》はないぞ。まあ、せっかくだから、見《み》ていくといい。」

所長《しょちょう》はジュノたちをドーム状《じょう》の建物《たてもの》の前《まえ》に連《つ》れてきた。建物《たてもの》のとびらを開《あ》けたジュノたちはおどろいた。建物《たてもの》のゆかはなく、足元《あしもと》には深《ふか》い穴《あな》がぽっかりとあいている。その穴《あな》をおおうように、巨大《きょだい》なクモの巣《す》が張《は》られていたのだ。そして、巣《す》の中央《ちゅうおう》に丸《まる》い板《いた》が置《お》かれ、その上《うえ》にクモ糸《いと》ドレスが展示《てんじ》されていた。

「この巨大《きょだい》クモの巣《す》は、我《わ》が研究所《けんきゅうじょ》の最新技術《さいしんぎじゅつ》で人工的《じんこうてき》に作《つく》ったクモの糸《いと》でできている。」

「なんだ。作《つく》り物《もの》かあ。」

ジュノががっかりしたように言《い》うと、所長《しょちょう》がむっとして説明《せつめい》する。

「作《つく》り物《もの》だが、糸《いと》も巣《す》も本物《ほんもの》のクモが作《つく》ったのとまったく同《おな》じ特《とく》ちょうを持《も》っている。クモの巣《す》を伝《つた》って中央《ちゅうおう》のドレスを盗《ぬす》もうとすると、べとべとした糸《いと》に引《ひ》っかかるのさ。これならだれも近《ちか》づけないだろう？」

▶ふてくされるジュノ。

4 ドレスを盗《ぬす》まれないように作《つく》った巨大《きょだい》なクモの巣《す》は、どのようなものですか。

研究所《けんきゅうじょ》の最新技術《さいしんぎじゅつ》で［　　　　］に作《つく》ったクモの糸《いと》でできている。本物《ほんもの》のクモが作《つく》った糸《いと》や巣《す》とまったく［　　　　］特《とく》ちょうを持《も》っている。

5 怪盗《かいとう》Ｘ《エックス》が「おどろいた顔《かお》になった」とありますが、この時《とき》、どうしておどろいたのでしょう。理由《りゆう》としてもっとも正《ただ》しいものを一《ひと》つ選《えら》んで、○をつけましょう。

ア　巨大《きょだい》クモの巣《す》や穴《あな》のせいで近《ちか》づけないはずなのに、ジュノが自分《じぶん》のところまで来《き》ていたから。
イ　クモ糸《いと》ドレスを盗《ぬす》むのに成功《せいこう》したと思《おも》っていたのに、ジュノにつかまってしまったから。
ウ　クモ糸《いと》ドレスを盗《ぬす》めなかったばかりか、巨大《きょだい》クモの巣《す》に自分《じぶん》が引《ひ》っかかってしまったから。

その時《とき》、パリーン！と天井《てんじょう》のガラスが割《わ》れた。そして割《わ》れた天井《てんじょう》から、怪盗《かいとう》X《エックス》がヘリコプターからロープを伝《つた》って、巨大《きょだい》クモの巣《す》の中央《ちゅうおう》に降《お》りてきた。一瞬《いっしゅん》のうちにドレスを手《て》にすると、ジュノたちを見《み》た。

「ふふふ。キミたち、ここまで取《と》り返《かえ》しに来《こ》られるかい？　巨大《きょだい》クモの巣《す》に引《ひ》っかかって動《うご》けなくなるか、キミたちの重《おも》みで糸《いと》が切《き》れて、真《ま》っ暗《くら》な穴《あな》に落《お》ちるかだな。」

「そのドレスは貴重《きちょう》なものなんだ。盗《ぬす》まないでくれ！」

所長《しょちょう》の悲鳴《ひめい》に、怪盗《かいとう》X《エックス》が満足《まんぞく》げに大笑《おおわら》いする。

「ワハハ。ジュノ君《くん》、今回《こんかい》は私《わたし》の勝《か》ちだ……なにぃ!?」

怪盗《かいとう》X《エックス》は、急《きゅう》におどろいた顔《かお》になった。いつの間《ま》にか、ジュノが怪《かい》盗《とう》X《エックス》のすぐそばに来《き》ていたからだ。

「ややっ！　どうしてここまで近《ちか》づけたんだ!?」

おどろきのあまりすっかりにげることを忘《わす》れている怪盗《かいとう》X《エックス》に、ジュノはタックルをした。怪盗《かいとう》X《エックス》は巨大《きょだい》クモの巣《す》の上《うえ》に落《お》ちて引《ひ》っかかり、身動《みうご》きが取《と》れなくなった。

「ふふん。クモの巣《す》の特《とく》ちょうを知《し》っている名探《めいたん》偵《てい》ジュノ様《さま》にかかれば、この通《とお》りさ！」

さて、ジュノは、どうして怪盗《かいとう》X《エックス》のところまで行《い》けたのだろう。

ズバリ事件解決《じけんかいけつ》！

6 ジュノはどうして怪盗《かいとう》X《エックス》に近《ちか》づけたのでしょう。

クモの糸《いと》は［ア］よりも強《つよ》くて［イ］ものだ。

また、クモの巣《す》の糸《いと》は、横糸《よこいと》はべとべと［ウ］が、縦糸《たていと》はべとべと［エ］。

ズバリ、ジュノは、［オ］を通《とお》って巨大《きょだい》な［カ］の中央《ちゅうおう》にいた怪盗《かいとう》X《エックス》に近《ちか》づいたのだ！

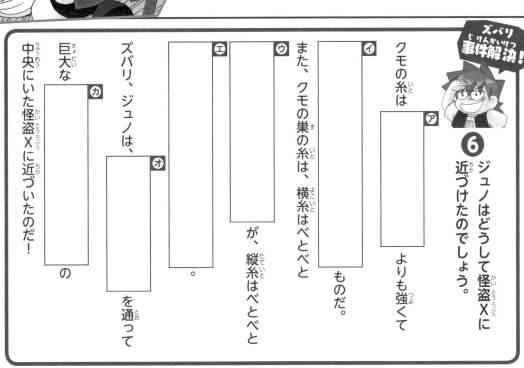

サバイバル推理《すいり》 12

巨《きょ》大《だい》クモの巣《す》で大《だい》バトル！

解《かい》答《とう》&解《かい》説《せつ》

①

ア ジュノ　イ クモ糸ドレス

ウ 世界クモ研究所

エ クモの巣　オ ジュノ

まず、全体《ぜんたい》の流《なが》れをしっかりとつかみましょう。

クモ糸《いと》ドレスを盗《ぬす》むという、怪盗《かいとう》Ｘ《エックス》の予告状《よこくじょう》を見《み》たジュノとマリは、世界《せかい》クモ研究所《けんきゅうじょ》に向《む》かいます。巨大《きょだい》クモの巣《す》に守《まも》られていたクモ糸《いと》ドレスは、怪盗《かいとう》Ｘ《エックス》に盗《ぬす》まれるところでしたが、ジュノがクモの巣《す》の特《とく》ちょうを利用《りよう》して、みごとに防《ふせ》ぎました。

②

ねばり気のある

75ページの「クモの巣《す》ってべとべとしているじゃないか」というジュノの言《こと》葉《ば》の後《あと》で、マリがその理由《りゆう》を説明《せつめい》しています。

③

ウ

クモの巣《す》の縦糸《たていと》と横糸《よこいと》については、75ページでマリが説明《せつめい》しています。この特《とく》ちょうが、後《あと》でジュノが怪盗《かいとう》Ｘ《エックス》の犯行《はんこう》を防《ふせ》ぐポイントになります。

④

人工的、同じ

76ページの所長《しょちょう》の言葉《ことば》をよく読《よ》みましょう。人工的《じんこうてき》とは、人《ひと》の手《て》で作《つく》ったということです。クモの糸《いと》や巨大《きょだい》クモの巣《す》が、本物《ほんもの》とまったく同《おな》じ特《とく》ちょうを持《も》っていることをおさえます。

⑤

ア

77ページ「おどろいた顔《かお》になった」の後《あと》に理由《りゆう》を表《あらわ》す「〜からだ」という表《ひょう》現《げん》があります。また、その後《あと》の怪盗《かいとう》Ｘ《エックス》の言葉《ことば》にも、おどろいた理由《りゆう》が説《せつ》明《めい》されています。

⑥

ア こう鉄　イ 切れにくい

ウ している　エ していない

オ たて糸　カ クモの巣

「鋼鉄《こうてつ》」「縦糸《たていと》」と漢字《かんじ》で書《か》いても正解《せいかい》です。

所長《しょちょう》の言葉《ことば》に、クモの糸《いと》も巣《す》も本物《ほんもの》と「まったく同《おな》じ特《とく》ちょうを持《も》っている」とあるのがポイントです。本物《ほんもの》のクモの糸《いと》が鋼鉄《こうてつ》より強《つよ》く、クモの巣《す》の縦糸《たていと》はべとべとしていないという特《とく》ちょうをおさえていれば、どうしてジュノが、巨大《きょだい》クモの巣《す》の中央《ちゅうおう》にいた怪盗《かいとう》Ｘ《エックス》に近《ちか》づけたのかがわかります。

虫《むし》のサバイバルデータ　クモの巣《す》の作《つく》り方《かた》の巻《まき》

ぐるぐるとうずを巻《ま》いたようなクモの巣《す》は、とてもきれいですね。クモは一体《いったい》どのようにしてクモの巣《す》を作《つく》るのか、見《み》てみましょう。

クモの巣作《すづく》りの最初《さいしょ》に使《つか》うのは、べとべとしていない糸《いと》です。

① クモは、自分《じぶん》のいるところから、べとべとしていない糸《いと》を風《かぜ》で流《なが》して、別《べつ》のところに引《ひ》っ掛《か》けます。

② うまく引《ひ》っ掛《か》かったら、その糸《いと》の中央《ちゅうおう》に移動《いどう》して新《あたら》しい糸《いと》を出《だ》して、Y字《ワイじ》の形《かたち》に縦《たて》糸《いと》を作《つく》っていきます。

③ さらにべとべとしていない糸《いと》で、わく糸《いと》と縦糸《たていと》を張《は》っていきます。

④ わく糸《いと》と縦糸《たていと》を張《は》り終《お》わったら、中心《ちゅうしん》に戻《もど》って、べとべとしていない糸《いと》で外側《そとがわ》に向《む》かって渦巻《うずま》き状《じょう》に足場用《あしばよう》の糸《いと》を張《は》ります。

⑤ 端《はし》まで足場用《あしばよう》の糸《いと》を張《は》ったら、いよいよべとべとした糸《いと》の出番《でばん》です。足場用《あしばよう》の糸《いと》を伝《つた》いながら、今度《こんど》は外側《そとがわ》から内側《うちがわ》に向《む》けてべとべとした糸《いと》を張《は》っていき、中心《ちゅうしん》までできたら完成《かんせい》です。

クモの巣《す》は作《つく》りっぱなしではなくて、何《なん》日《にち》かに一度《いちど》の割合《わりあい》で新《あたら》しく作《つく》り直《なお》します。このときクモは、古《ふる》い糸《いと》を食《た》べてしまいます。食《た》べた糸《いと》は、お腹《なか》の中《なか》にためられて、次《つぎ》の巣《す》を作《つく》るときの糸《いと》の材料《ざいりょう》になるそうです。

クモの巣《す》のはり方《かた》

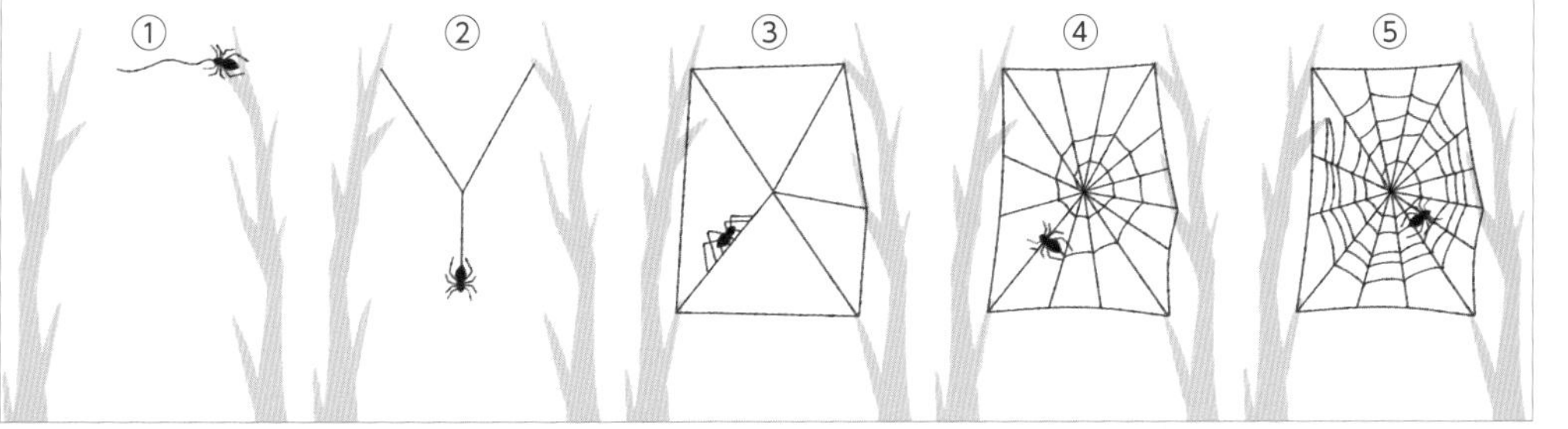

その後《ご》のストーリー

ジュノにつかまった怪盗X《かいとうエックス》は、警察《けいさつ》に連《つ》れていかれた。次《つぎ》の日《ひ》から、ジュノのもとには、新聞社《しんぶんしゃ》やテレビ局《きょく》の取材《しゅざい》がたくさん来《き》た。

こうして「名探偵《めいたんてい》ジュノ」は、全国的《ぜんこくてき》な有名人《ゆうめいじん》になり、ジュノは得意《とくい》げだ。

そんなジュノのもとに、ある日《ひ》、一通《いっつう》の手《て》紙《がみ》が送《おく》られてきた。

「ボクのファンからかな?」

ジュノがワクワクしながら封《ふう》を切《き》ると、見《み》覚《おぼ》えのある文字《もじ》が……。

【名探偵《めいたんてい》ジュノ君《くん》、今回《こんかい》はキミの勝《か》ちだね。でも、またすぐ、対決《たいけつ》することになるだろう。その時《とき》を楽《たの》しみに！　怪盗X《かいとうエックス》】

まもなくして、怪盗X《かいとうエックス》がにげた、というニュースが出《で》まわったんだ。残念《ざんねん》がるマリだけれど、ジュノは次《つぎ》の対決《たいけつ》に向《む》けて、やる気《き》マンマンの様子《ようす》。まだまだ二人《ふたり》のバトルは続《つづ》きそうだね。

監修	青木伸生（筑波大学附属小学校教諭） 辻健（筑波大学附属小学校教諭）
編集デスク	福井洋平
編集	市川綾子
編集協力	大宮耕一、上村ひとみ、大木邦彦（トリトン）、新保京子、原真喜夫・原徳子（スキップ）
ストーリー構成	GEN（ゲン）［推理１～６］ 1983年進研ゼミ小学校低学年講座開講に参画。『読めますか？　小学校で習った漢字』（サンリオ）、『齋藤孝の書いておぼえる語彙力アップドリル』（幻冬舎）、まんが人物伝『アンネ・フランク』『ナイチンゲール』（KADOKAWA）などの企画・編集協力。ポピー会員情報誌で『脳みそトレーニング』を連載。小学生向けプログラミング教材も手がける。
絵	李泰虎《イテホ》
絵・協力	広野りお
校正	鷗来堂
デザイン・DTP	宇都木スズムシ・松浦リョウスケ（ムシカゴグラフィクス）
写真提供	フォトライブラリー・PIXTA

主な参考文献	『ファーブルえほん昆虫記ふんころがしのめいじんスカラベ』奥本大三郎著、海野和男写真、鈴木格写真・理論社／『砂の魔術師アリジゴク』松良俊明著・中央公論新社／『なぜ？どうして？昆虫図鑑　おどろきの能力がいっぱい！』岡島秀治監修・PHP研究所／『自然の観察事典40　鳴く虫観察事典』小田英智著、松山史郎著・偕成社／『子供の科学☆サイエンスブックス　鳴く虫の科学』海野和男監修、高嶋清明著・誠文堂新光社／『アメンボのふしぎ』乾實著・トンボ出版／『カラーアルバム昆虫アメンボ・コオイムシ・タガメ』佐藤有恒著、林正美著・誠文堂新光社／『科学まんがシリーズ　バトル・ブレイブス VS. 巨大カブトムシ』篠崎カズヒロ マンガ、チーム・ガリレオ ストーリー、小野展嗣監修・朝日新聞出版／『科学まんがシリーズ　バトル・ブレイブス VS. 猛毒ヘビと殺人グモ』ヱビスヤ・ボンコ マンガ、チーム・ガリレオ ストーリー、小野展嗣監修・朝日新聞出版／『ふしぎ!?　なんで!?　ムシおもしろ超図鑑』柴田佳秀著・西東社／『クモ学ー摩訶不思議な八本足の世界』小野展嗣著・東海大学出版会ほか

なぞ解《と》きサバイバルシリーズ

サバイバル＋文《ぶん》章《しょう》読《どっ》解《かい》

推《すい》理《り》ドリル　虫《むし》編《へん》

2020年　1月30日　第1刷発行
2022年11月30日　第3刷発行

編著　朝日新聞出版／絵・李泰虎《イテホ》
発行者　片桐圭子
発行所　朝日新聞出版
〒104-8011 東京都中央区築地5-3-2
編集　生活・文化編集部
電話　03-5540-7015（編集）
03-5540-7793（販売）
印刷所　株式会社　リーブルテック
ISBN978-4-02-331890-8

定価は表紙に表示してあります。
落丁・乱丁の場合は弊社業務部（03-5540-7800）へ
ご連絡ください。送料弊社負担にてお取り替えいたします。

監修者紹介

青木伸生（あおき・のぶお）
筑波大学附属小学校 国語教育研究部 教諭。

1965年千葉県生まれ。東京学芸大学卒業後、東京都の教員を経て現職。

全国国語授業研究会会長。教育出版国語教科書編著者。日本国語教育学会常任理事。筑波大学非常勤講師。

著書に『青木伸生の国語授業　3ステップで深い学びを実現！　思考と表現の枠組みをつくるフレームリーディング』『青木伸生の国語授業　フレームリーディングで文学の授業づくり』『青木伸生の国語授業　フレームリーディングで説明文の授業づくり』『基幹学力をはぐくむ「言語力」の授業』（いずれも明治図書出版）、『プレミアム講座ライブ　青木伸生の国語授業のつくり方』（東洋館出版社）ほか多数。

辻健（つじ・たけし）
筑波大学附属小学校 理科教育研究部 教諭。

1973年福岡県生まれ。横浜市の教員を経て、現職。

日本初等理科教育研究会役員。日本理科教育学会『理科の教育』編集委員。ソニー科学教育研究会企画研修委員。NHK『ふしぎエンドレス』番組制作委員。

意欲を喚起する授業を得意とし、理科の知識を歌にする「歌う理科教師」として数々の作品を制作。代表曲に『ヤマビルロック』など。

著書『イラスト図解ですっきりわかる理科』（東洋館出版社）ほか。

Copyright ⓒ 2020 LUDENS MEDIA Co., Ltd., Asahi Shimbun Publications Inc.
Character Illustrations Copyright ⓒ 2020 LUDENS MEDIA Co.,Ltd. All characters, names, and all related indicia are trademarks of LUDENS MEDIA Co.,Ltd. Used under authorization. All rights reserved.